SOUVENIRS

DE

NÉRIS

PAR

M. LE Dr BONNET DE MALHERBE

Ancien Médecin Inspecteur des

Eaux de Néris

MONTLUÇON

IMPRIMERIE A. HERBIN

SOUVENIRS

DE

NÉRIS

MONTLUÇON, IMPRIMERIE HERBIN

SOUVENIRS

DE

NÉRIS

PAR

M. LE Dʳ BONNET DE MALHERBE

Ancien Médecin-Inspecteur des

Eaux de Néris

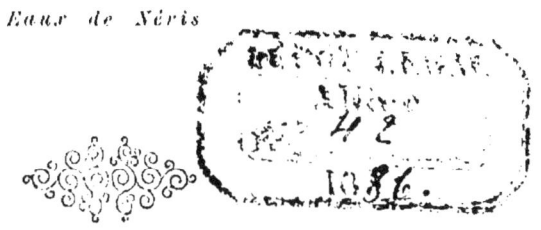

MONTLUÇON

IMPRIMERIE A. HERBIN

—

1886

AVANT-PROPOS

— —

Les eaux de Néris ont été l'objet, depuis
une soixantaine d'années, d'un assez grand
nombre de publications qui ont fourni sur
cette importante station thermale d'utiles
renseignements et ont puissamment contribué
à son développement. La première en date
est l'excellent livre de Boirot-Desserviers, dans
lequel la partie archéologique surtout est
largement traitée ; ses successeurs dans l'inspection des eaux de Néris ont aussi payé leur
tribut par la publication d'intéressants travaux. M. de Falvard-Montluc, dans la *Revue
Médicale* du mois de mai 1841 ; M. de Laurès, dans une étude sur les eaux de Néris
publiée en 1869, consacrée surtout à l'histoire
de Néris, à la description de l'établissement
thermal et des sources qui l'alimentent,
travail qui devait être suivi d'une étude
clinique sur l'application des eaux et auquel
l'état de santé de l'auteur ne lui a pas permis
de donner suite ; M. B. de Malherbe, dans

son *Guide Médical aux Eaux de Néris*, aujourd'hui à sa troisième édition ; enfin M. le
Dr de Ranse, actuellement inspecteur-adjoint,
a complété la série par d'intéressantes *Etudes
cliniques*. Quant au médecin qui occupe
depuis cinq ans le poste d'inspecteur des
eaux de Néris, où il exerce depuis trente ans,
il s'est abstenu de toute publication, voulant
sans doute profiter de la formule de l'historien latin : « *eo magis fulgebat quod non
videbatur.* »

Dans cette situation, le besoin d'une nouvelle publication médicale ne se faisant pas
bien vivement sentir, l'auteur de ce petit
livre, qui a conservé de Néris d'excellents
souvenirs et qui espère n'y être pas tout à fait
oublié, a pensé qu'il ne serait peut-être pas
sans intérêt de réunir en un volume quelques
fragments épars publiés par lui pendant son
séjour de quinze années dans une de nos
plus importantes stations thermales. Ce qui
l'y a surtout engagé ce sont les nombreuses
demandes qui lui ont été faites de sa brochure

sur *La Politique et la Médecine des Eaux,* brochure publiée à l'occasion de sa révocation et promptement épuisée. Il y a ajouté quelques petites chroniques qu'il a publiées sous le titre de *Courriers de Néris,* dans le journal *le Centre,* et qui pourront offrir, même aujourd'hui, des renseignements utiles pour l'histoire de la cité thermale, aux personnes qui la fréquentent.

Enfin, il a cru utile de reproduire le travail qu'il a publié pendant la saison de 1884 sur « *le mode d'exploitation des eaux minérales* ». Ce sujet est encore de l'actualité et le document dont il s'agit pourra être de quelque utilité pour apprécier le régime sous lequel sont aujourd'hui exploitées les eaux thermales de Néris. Ce régime, il ne faut pas l'oublier, a été une concession faite par l'Etat, propriétaire des eaux, aux réclamations plus ou moins bien avisées dont les représentants du pays, députés et conseil général, s'étaient faits les interprètes et l'appui. L'auteur n'exprimera aucune opinion sur les nombreuses doléances

qui lui sont parvenues au sujet du nouvel état
de choses et des innovations qui l'ont inau-
guré, n'ayant pas pu apprécier les faits par
lui-même ; mais il craint bien que plusieurs
de ses prédictions ne se soient réalisées et que,
malgré l'augmentation des distractions musi-
cales, *l'harmonie* n'ait pas fait beaucoup de
progrès à Néris ; qu'en un mot le régime nouveau ne rappelle souvent aux pétitionnaires
l'apologue du fabuliste : « Les grenouilles qui
demandent un roi. »

Mars 1886.

LA POLITIQUE

ET

LA MÉDECINE DES EAUX

SIMPLE DISCOURS

PAR UN MÉDECIN-INSPECTEUR RÉVOQUÉ

Et nunc erudimini !....

Malgré le titre que je trouve bon de donner à cette petite brochure, il n'y sera que fort peu question de politique ; il n'en serait même pas question du tout si, dans le temps où nous vivons, on n'avait pas la singulière manie de mettre la politique dans les choses qui devraient y rester le plus étrangères, si, sous la forme de gouvernement *qui nous divise le moins*, on ne tenait pas autant à faire des catégories... les *purs* et ceux qui ne le sont pas.

Des voix plus autorisées que la mienne, se sont élevées contre cet esprit d'exclusivisme et, l'année dernière, un des plus libres-esprits de ce temps-ci, un républicain de la veille, M. Vacherot, disait, à ce propos, dans un recueil très répandu : « ... Sous la domination de nos jacobins, la République ferme la porte de nos administrations à tous les partis, moins encore parce qu'elle les tient pour suspects, que parce qu'il lui faut beaucoup de places pour ses nombreux amis. Et voilà comment cette République n'est plus la chose de tous, mais la chose d'un parti, une espèce de domaine, exploité par une race de politiciens qui font de la politique une industrie. »

Que, pour les fonctions purement politiques, le système des *épurations* à outrance ait été poussé aussi loin que possible ; que, pour le recrutement des préfectures et des sous-préfectures, par exemple, on ait exigé la plus pure orthodoxie, sauf à s'adresser aux *fruits-secs* de toutes les carrières, il ne faut pas en être surpris. Mais, je le demande, qu'est-ce que la politique a à voir dans les fonctions médicales, en général peu ou point rétribuées, la plupart du temps honorifiques ? Eh bien, ces fonctions n'en ont pas moins eu leur tour et, chose triste à dire, les convoitises *confraternelles* n'ont pas été étrangères aux holocaustes.

Dans cette catégorie, les places de médecin-inspecteur des eaux minérales devaient être particulièrement visées ; car, de tout temps, elles ont été assez recherchées et, par la force de l'habitude, elles le sont encore. Il ne sera pas inutile de dire, à ce propos, ce que sont aujourd'hui ces positions.

L'institution de l'intendance ou de l'inspection des eaux minérales, remonte à Henri IV, et, depuis cette époque, elle n'a guère été réglementée que par l'ordonnance royale du 18 juin 1823 et le décret impérial du 28 janvier 1860.

Lorsque l'usage des eaux était le privilège

des classes riches et que les médecins-inspecteurs étaient souvent seuls à exercer leur
profession dans les localités thermales, on
comprend facilement combien quelques-unes
de ces positions devaient être recherchées :
c'était alors le règne des Lucas à Vichy, des
Bertrand au Mont-Dore, des Montluc à Néris.
Mais, depuis un demi siècle, depuis que
l'accroissement de la fortune publique et
surtout la facilité des communications, ont
vulgarisé l'usage des eaux minérales et les
ont rendues accessibles à toutes les classes de
la société, la clientèle de beaucoup d'établissements thermaux a plus que décuplé, les
privilèges professionnels ont complètement
disparu et ont fait place partout à la liberté
la plus complète ; il y a même dans plusieurs
stations, une véritable *pléthore médicale*.

Ajoutons que, lorsque les propriétaires ou
fermiers y mettent de la bonne volonté, les
médecins-inspecteurs touchent un traitement
au maximum de mille francs, mais que, dans
les établissements appartenant à l'Etat et
exploités par voie de régie, ce qui est le cas

d'Aix et de Néris, malgré les prescriptions
impératives de la législation existante, le
médecin-inspecteur ne touche absolument
rien ; il est vrai qu'à Néris il soigne gratui-
tement, tant à l'hôpital qu'en dehors de
l'hôpital, de sept à huit cents malades par
saison. Pour mettre fin aux difficultés sou-
levées par cette question, une loi a décidé
qu'aucune rétribution ne serait, à l'avenir,
allouée aux médecins-inspecteurs ; mais l'institution a été maintenue.

Cela n'empêche pas, qu'à chacune des com-
motions sociales qui viennent agiter notre
pays, quelque chargé que soit le programme,
on trouve le moyen d'y faire figurer la suppression de l'inspection des eaux minérales, et,
dès la réunion de la première assemblée,
après la chute de l'Empire, c'est un député
savoyard qui a eu l'honneur d'attacher son
nom à cette importante question. Je n'ose
pas affirmer qu'elle tint une grande place dans
les préoccupations publiques, mais elle causa
une certaine agitation dans le monde médical
et fut l'objet d'une étude sérieuse de la part

de l'Association générale des médecins de France, de l'Académie de médecine et du Comité consultatif d'hygiène, qui conclurent au maintien de l'institution.

Il s'est produit alors ce qui se produit souvent en circonstances semblables : beaucoup des réformateurs, ne pouvant obtenir la suppression, ont demandé les places.

Cependant, on doit le reconnaître, on y a mis le temps, et ce n'est que l'an dernier qu'a commencé la Saint-Barthélemy des médecins inspecteurs, sous le ministère de M. Tirard (1), un ministre non politique, un ministre

(1) On s'étonne en général, dans le monde, que ce soit le ministère de l'agriculture et du commerce et non le ministère de l'intérieur qui s'occupe de questions médicales, comme les eaux minérales, la vaccine, les épidémies, etc. En voici l'explication : avant la création du ministère de l'agriculture et du commerce, qui remonte à la fin de la Restauration et dont le premier titulaire a été M. de Saint-Cricq, il y avait au ministère de l'intérieur une direction générale du commerce et dans cette direction un bureau qui s'appelait et qui s'appelle encore : le *Bureau sanitaire*. La principale de ses attributions était alors les lazarets et le régime quarantenaire et

modéré, dit-on, « *Zuze un peu*, aurait dit le Marseillais, s'il n'eût pas été modéré... »

C'est alors qu'ont été révoqués, sans que, bien entendu, on ait pris la peine de leur dire pourquoi, mes honorables collègues, les docteurs Vidal d'Aix, Chabannes de Vals, Cardinal de Cauterets, Grimaud de Barèges, Grenier de Bagnères, etc.

Il s'est produit, alors, un incident assez curieux au sujet de mon excellent confrère le docteur Cardinal, auprès duquel j'ai exercé pendant quinze ans à Cauterets, où il est lui-même depuis trente ans. Il était signalé par le préfet de son département comme *clérical* et *bonapartiste*. Il est bon de dire, à ce propos, que, dans ces petites comédies, c'est habituellement le préfet qui attache le grelot (cela s'est ainsi passé, parait-il, pour ce qui me

on y ajouta les autres services dont je viens de parler, ce qui en a fait un bureau très important et avec lequel la médecine a de nombreux rapports. Dans l'espèce, cela a peu d'importance et, si les médecins-inspecteurs n'avaient pas été exécutés par M. Tirard, ils l'auraient été par M. Constans.

concerne) ; ça semble plus régulier, et je n'ai
pas besoin d'ajouter que, dans le personnel
actuel des préfectures, on trouve facilement
des exécuteurs pour cette besogne. Donc, le
docteur Cardinal était accusé d'être *clérical*...
probablement à cause de son nom, (car — il
ne m'en voudra pas de cette indiscrétion, —
je le soupçonne d'être quelque peu libre-
penseur), — et par-dessus le marché d'être
bonapartiste... lui, l'ami de la nombreuse
famille, j'allais dire dynastie, des Lafayette,
depuis un demi-siècle !

Aussi, à cette nouvelle, qui lui fut apportée
en riant par le vieil ami de sa famille, M.
Oscar de Lafayette, alors sénateur, courut très
ému chez le ministre de l'agriculture et du
commerce et n'eut pas de peine à lui démontrer que le docteur Cardinal avait été l'objet
d'une... *erreur*. Le ministre, fort embarrassé,
se fit apporter le dossier et proposa immédiatement à M. de Lafayette de laisser M. Cardinal à son poste ; mais celui-ci s'empressa de
repousser cette *faveur*, en disant qu'on lui
avait fait l'honneur de le révoquer et qu'il

voulait rester révoqué. Il est bon de dire, à
ce propos, afin que **MM.** les ministres n'en
ignorent, que, lorsqu'on révoque un médecin-inspecteur, ce n'est pas tout à fait la
même chose que lorsqu'on révoque un rece-
veur général, par exemple ; ce fonctionnaire
sans traitement, est si peu fonctionnaire,
qu'on ne lui enlève pas grand'chose, car on
ne peut pas lui enlever sa clientèle — *au
contraire,* — et le fonctionnaire révoqué peut
dire comme le cocher légendaire : « cela ne
m'empêchera pas de conduire mon fiacre. »

Il y a aussi une remarque à faire pour ce
qui concerne M. Tirard dans cette circonstance : il paraît que, contrairement à la doctrine de M. de Talleyrand, chez cet honorable
ministre, ce n'est pas le premier mouvement
qui est le bon, mais le second. Il l'avait déjà
prouvé dans une autre circonstance : c'est, en
effet, ce même M. Tirard, le ministre *modéré,*
qui a eu l'insigne honneur d'épurer le Comité
consultatif d'hygiène, institué auprès de son
ministère, institution qui remonte au règne
de Louis-Philippe, dont le premier pré-

sident a été l'illustre Magendie, les successeurs, Rayer, Tardieu et aujourd'hui un de
nos savants les plus justement estimés, M.
Wurtz, celui-là très orthodoxe en politique,
car il a déjà été candidat pour être sénateur
républicain et il l'est devenu ; je ne m'en
plains pas, puisque cela se rencontre. Mais
enfin, s'il est difficile d'avoir des titres scientifiques aussi sérieux que l'honorable président
de l'Institut pour être membre du Comité
d'hygiène et y donner son opinion sur la
question des *trichines*, par exemple, peut-
être n'est-il pas absolument indispensable
d'avoir la même orthodoxie politique.

Telle n'est pas, paraît-il, l'opinion de M.
Tirard, car, dans l'épuration à laquelle il se
livra, tous les anciens membres qui étaient
suspects, quels que fussent d'ailleurs leurs
titres scientifiques, furent impitoyablement
rayés et leurs successeurs furent soigneusement triés sur le volet... politique, dût la
science y perdre quelque chose. Or, parmi les
premiers figurait un honorable médecin des
hôpitaux, que des travaux spéciaux et juste-

ment appréciés avaient désigné pour faire
partie de l'ancien comité et qui ne fut pas
jugé digne de figurer dans le nouveau. Mais
pour celui-là, comme pour le médecin de
Cauterets — son ami — il y avait eu une
erreur ou un oubli ; peut-être ne savait-on pas
qu'il jouissait de la confiance — pourquoi ne
dirai-je pas du *plus haut* personnage de l'Etat
— et de sa famille, à laquelle il avait donné
ses soins. Cette circonstance fut plus puissante
que les titres scientifiques, et au bout de huit
jours à peine, le membre épuré du Comité
d'hygiène fut rappelé à en faire partie.

J'avais donc raison de dire que, chez M.
Tirard, c'était le second mouvement qui était
le bon. J'aurai l'occasion d'y revenir pour
ce qui concerne mon humble personne.

J'ai maintenant à raconter par le menu les
détails qui se rapportent à ma révocation, non
pas que j'aie la prétention qu'au milieu de ce
que nous avons vu dans ces derniers temps,
cette goutte d'eau dans l'océan puisse faire
une bien grande sensation ; mais, comme ce

petit écrit est surtout destiné aux médecins et
à la clientèle de Néris, ce récit ne sera peut-
être pas sans intérêt auprès de ces deux classes de lecteurs.

Nommé médecin-inspecteur des eaux de
Bagnères-de-Bigorre, le 5 juin 1842, je comp-
tais près de trente ans de service dans la
médecine des eaux minérales, lorsque je fus
appelé, le 15 mai 1870, à remplacer M. le
docteur de Laurès dans l'inspection des eaux
de Néris ; voici dans quelles circonstances :

Après vingt ans d'une pratique très active
et très fatigante aux eaux de Néris, M. de
Laurès était dans un état de santé qui ne lui
permettait plus d'occuper ce poste ; je venais
d'être rappelé depuis six mois, par suite de
convenances personnelles, aux fonctions de médecin-inspecteur des établissements d'eaux
minérales de Paris, fonctions purement admi-
nistratives, que j'avais antérieurement occu-
pées pendant sept années et qui rapportaient
alors six mille francs par an ; pour un médecin-inspecteur, obligé de se retirer sans traite-

ment de retraite, c'était un poste assez
enviable ; je proposai à M. de Laurès une
permutation qu'il s'empressa d'accepter. La
chose était facile, à la condition que le ministre de l'agriculture et du commerce, qui était
alors M. Louvet, y consentît. Le président du
Comité d'hygiène, Tardieu, officieusement con-
sulté, n'y vit point de difficulté ; il y avait
des précédents, dont l'un m'était personnel et,
sur le rapport fortement motivé de M. Ozenne,
alors secrétaire général du ministère et qui y
jouissait d'une grande et légitime autorité, le
ministre signa la permutation.

J'insiste sur ces détails, relatifs à ma nomination à Néris, sur lesquels j'aurai à revenir,
et je tiens à faire remarquer que la politique
fut complètement *étrangère à l'événement*,
que tout se passa régulièrement et administra-
tivement.

Je ne veux pas cacher que la petite négo-
ciation avait été conduite très discrètement et
voici pourquoi :

M. de Laurès avait pour inspecteur-adjoint
aux eaux de Néris, M. le docteur Faure, qui

va entrer en scène ; il vivait depuis longtemps
avec lui dans les plus mauvais termes et
n'ignorait pas que son confrère, qui suivait
avec intérèt les progrès croissants de sa
maladie, attendait avec impatience sa succession, pour laquelle il avait déjà *des promesses.* Mais de Laurès serait · plutòt mort au
poste que de se retirer volontairement, sans
la combinaison que je lui offris. Surtout, m'a-
vait-il dit, que l'affaire soit conduite aussi
secrètement que possible ; vous ne connaissez
pas Faure, s'il en avait vent, il serait immédiatement à Paris, il remuerait ciel et terre,
il obtiendrait *une audience de l'Empereur*
et nous aurions bien de la peine à réussir.

De Laurès ne se trompait pas. Trois ou
quatre jours après notre nomination, nous
avions une audience du ministre pour lui
faire une visite de remercîment. Nous étions
depuis quelques instants dans le salon d'at-
tente, lorsque parut M. le sénateur Tourangin. Tiens, me dit de Laurès, voilà le père
Tourangin, Faure ne doit pas être loin. En
effet, presque au mème moment, nous aper-

çumes le profil de M. Faure dans l'antichambre, il nous reconnut et s'esquiva rapidement.

M. Tourangin, en sa qualité de sénateur, fut reçu immédiatement et il resta près d'une demi-heure dans le cabinet du ministre, où nous le remplaçâmes. Les oreilles m'ont bien tinté depuis quelques instants, dit familièrement de Laurès à M. Louvet, qu'il connaissait depuis longtemps et qui avait été son client à Néris, et je suis sûr qu'il vient d'être beaucoup question de nous. « Que voulez-vous, répondit en souriant le ministre, on ne peut pas, vous le savez, contenter tout le monde et son père... Je savais bien que j'aurais quelques assauts à subir, mais la chose est faite, il n'y a plus à y revenir. »

Après les politesses d'usage, nous prîmes congé du ministre, et en sortant de l'hôtel nous trouvâmes sur le trottoir de la rue de Varenne... M. Faure avec la députation du Rhône, moins l'honorable M. Terme, qui m'a affirmé n'avoir pas voulu s'associer à la démarche et auquel je suis heureux de donner

cette satisfaction. Nous en conclûmes assez
logiquement, qu'après l'assaut du sénateur,
le pauvre ministre allait encore avoir à subir
l'assaut des députés.

Le moment est arrivé de dire avec quelques
détails, ce que c'est que M. Faure, qui a
joué, dans la petite comédie que je raconte,
un rôle important, qui a puissamment contribué à son dénoûment et qui vient de recevoir la légitime récompense de dix ans de
démarches et de manœuvres plus ou moins
souterraines. La tâche est délicate, je le sais :
elle offre quelques écueils ; mais il est bien
entendu que je ne franchirai pas *le mur*
de la vie privée, que je ne parlerai que de
l'homme public, que de faits dont je garantis
l'authenticité et avec la résolution, bien entendu, de ne décliner aucune responsabilité.

Puisque, ainsi que je l'ai dit dès le début,
la politique a joué un si grand rôle dans cette
affaire, après avoir constaté qu'elle a été
complètement étrangère à ma carrière et
spécialement à mon arrivée à Néris, après

avoir affirmé que, pendant les onze années que j'y ai exercé mes fonctions, je n'y ai jamais fait de politique, il me sera bien permis de dire, puisque c'est là sa principale raison d'être, quels sont les titres politiques de M. Faure.

Après avoir fait ses études médicales à Lyon et passé ses examens à Montpellier, M. Faure fut reçu docteur à Paris, au mois d'avril 1847. Il était à Lyon au moment où éclata la révolution de février et parut l'accueillir avec un enthousiasme qui étonna bien un peu quelques-uns de ses condisciples. Il en recruta cependant un certain nombre pour organiser, avec leur concours, une espèce de *garde d'honneur*, dont il s'improvisa commandant et qui montait la garde auprès du proconsul expédié par le gouvernement provisoire, Emmanuel Arago.

Ce zèle fut promptement récompensé et, dans la curée, M. Faure fut nommé sous-commissaire de la République à Villefranche du Rhône. Il était là lorsque, après l'élection du 10 décembre, on envoya à Lyon, comme

préfet *à poigne*, M. Tourangin, ancien préfet
du Doubs sous Louis-Philippe. M. Faure, qui,
il faut lui rendre cette justice, ne manque pas
de flair pour sentir d'où vient le vent, se mit
assez promptement dans les bonnes grâces du
nouveau préfet et dut lui persuader qu'il était
aussi gouvernemental que lui-même. Mais il
y avait alors, au ministère de l'intérieur, un
homme qui, après avoir été longtemps un
journaliste d'ardente opposition, était au pouvoir un autoritaire intransigeant, — cela se
voit assez souvent, — c'était Léon Faucher,
nom prédestiné. Il faucha, en effet, impitoyablement la plupart des fonctionnaires qui
devaient leur avènement aux hommes du 24
février. Le sous-préfet de Villefranche, avec
son origine et malgré l'appui de son nouveau
préfet, ne pouvait pas échapper au coup de
balai ; il fut envoyé de Villefranche à Civray
et peu de temps après définitivement re-
mercié.

Mais un peu plus tard, et avec l'appui de
M. Tourangin, il fut nommé médecin-sanitaire
à Damas. Il y passa quelques années, sut s'y

faire donner la croix de la Légion d'Honneur
et revint en France, pour voir s'il n'y aurait
pas moyen d'avoir autre chose. C'est probablement sur le chemin de Damas qu'à l'instar de
St-Paul il trouva *la lumière*.

Il était en congé depuis assez longtemps
lorsque l'inspection de Néris devint vacante ;
M. de Laurès, inspecteur adjoint, fut nommé
inspecteur et le Comité d'hygiène présenta, en
première ligne, pour le remplacer comme
adjoint, le docteur Morin, qui exerçait alors
la médecine à Néris, dont il était le maire. Il
allait être nommé sans difficulté et en avait
déjà reçu l'assurance, lorsque M. Faure,
instruit de cette situation qu'il avait jusque-
là ignorée, accourt à Paris, met en mouvement les influences dont il pouvait disposer,
probablement M. Tourangin, son ancien préfet, devenu sénateur influent ; le ministre
regarde comme non avenue la présentation
du Comité, qui, sans se faire trop prier,
en fait une autre sur laquelle figure M. Faure,
et celui-ci est nommé.

C'est ainsi que débutait, en 1856, dans la

médecine des eaux et après avoir donné un
échantillon de ses talents... pour mettre en
mouvement les influences politiques, l'homme
que je trouvais à Néris, en 1870.

Quelque froissé que pût être M. Faure
dans son ambition, quelle que pût être l'a-
mertume de ses espérances déçues, rien n'aurait été plus facile que de vivre en bonne
intelligence avec moi, s'il l'eût bien voulu ;
j'étais son ancien de quinze ans dans la médecine des eaux ; il avait une clientèle person-
nelle, à laquelle je ne songeais à porter aucune atteinte, me contentant de la succession,
même incomplète, de M. de Laurès. Son
amour-propre, comme ses intérêts, pouvait
donc être facilement sauvegardé.

Mais il n'en fut pas ainsi : dans la visite de
courtoisie, que je lui fis le premier, la conversation fut tout de suite aigre-douce, plus
aigre que douce de sa part. Il eût le bon goût
de me parler de *l'injustice* dont il venait
d'être la victime, de l'irrégularité de la mesure prise par le ministre, etc. Je tâchai de
lui faire comprendre que ce n'était pas préci-

sément devant moi, qu'une pareille thèse devait
être soutenue. Bref, les choses en restèrent là
et la paix, sinon la bonne harmonie, aurait
encore pu exister entre nous, si M. Faure
n'avait pas, immédiatement, entamé contre
moi une petite guerre de *potins* que, suivant
son habitude, il nia, mais à propos desquels je trouvai bon de le mettre *au pied du
mur*.

Huit jours à peine après mon arrivée à
Néris, il n'y avait plus de rapports entre M.
Faure et moi...

Personne, hélas ! n'a pu perdre le souvenir
des funestes événements dont l'été de 1870
fut le signal et qui inaugurèrent si tristement
ma prise de possession de l'inspection de
Néris. Je ne veux y faire allusion qu'à propos
d'un fait, qui passa presque inaperçu au
milieu des graves préoccupations auxquelles
tout le monde était alors en proie, mais qui
porte avec lui sa moralité et que je suis obligé
de rappeler.

L'assaut dont j'ai parlé, assaut infructueux,
livré au ministre quelques jours après ma

nomination, fut renouvelé dans les premiers
jours d'août et, sous la pression du sénateur
Tourangin et la députation *impérialiste* du
Rhône, pour donner un dédommagement à
M. Faure, le 9 août, au moment de quitter le
ministère pour le remettre à M. Clément
Duvernois, M. Louvet signa la nomination de
M. Faure au grade d'officier de la Légion
d'Honneur... Vous entendez bien ! le 9 août
1870, trois jours après Reischoffen, sans qu'il
y eût encore le prétexte des *services de
guerre*, dont on a depuis si largement usé,
on donna à l'inspecteur *adjoint* des eaux de
Néris, au fougueux républicain de 1848, la
croix *d'officier*, cette distinction que ne pos-
sèdent pas la moitié des professeurs de la
Faculté de Paris !

Disons bien vite que, par un reste de pu-
deur, cette nomination ne fut pas publiée au
Journal officiel.

Deux ans se passèrent sans incident particulier, et je pouvais croire que la *paix* était
rétablie, même à Néris, lorsque, au commen-

cement de 1872, je fus prévenu par mon
excellent ami, Tardieu, toujours président du
Comité d'hygiène, qu'un orage se formait sur
ma tête. Tardieu me dit qu'un député *de
Lyon*, que je ne connaissais en aucune façon,
dont j'entendais parler pour la première fois,
avait fait plusieurs démarches, tant auprès du
ministre, M. Victor Lefranc, qu'auprès du
directeur, M. Dumoustier de Frédilly, pour
demander ma révocation. Ce député était M.
Le Royer, ami intime de M. Faure, qui exhi-
bait, à l'appui de ses instances, des lettres
de ce dernier, dans lesquelles j'étais accusé
de *bonapartisme*, — accusation toujours
dangereuse, — et de plusieurs autres méfaits,
sur lesquels je n'ai jamais pu être bien fixé.
Défendez-vous, me dit Tardieu, et ne perdez
pas de temps.

J'avais pour ami intime, depuis trente
ans, un homme politique, qui, dans son
court passage aux affaires, au milieu des circonstances les plus difficiles, je puis le dire
sans crainte d'être démenti par personne,
a laissé, dans tous les partis, les meilleurs,

les plus honorables souvenirs, M. de Goulard.

M. de Goulard, qui jouissait de toute la confiance de M. Thiers, venait d'être nommé ambassadeur à Rome, et devait rejoindre très prochainement ce poste important. J'allai le voir et lui fis part de la confidence qui venait de m'être faite. Soyez sans inquiétude, me dit de Goulard, Victor Lefranc n'est pas homme à céder à des dénonciations, si elles sont calomnieuses ; au surplus, je vais le voir à Versailles et je saurai à quoi m'en tenir.

En effet, le jour même, M. de Goulard avait un entretien avec M. Victor Lefranc. Celui-ci, après s'être fait un peu tirer l'oreille, finit par s'expliquer franchement et dit à M. de Goulard : eh bien, oui, des griefs assez sérieux ont été articulés contre M. de Malberbe par un homme en qui je dois avoir confiance, M. le Royer ; mais j'ai voulu procéder régulièrement, j'ai ordonné au préfet de l'Allier de faire une enquête et je vous promets de ne prendre aucune décision sans vous en parler et sans entendre M. de Malberbe lui-même.

Voilà comment on procédait alors, et M. Tirard ne trouvera pas mauvais que je le lui rappelle.

Quelques jours après cette conversation, le résultat de l'enquête arrivait au ministère, il m'était complètement favorable; toutes les allégations dirigées contre moi étaient déclarées sans fondement, et — détail piquant — ce document était remis aux mains de... M. de Goulard, nommé ministre de l'agriculture et du commerce, en remplacement de M. Victor Lefranc, qui passait à l'intérieur !

Ce dernier s'empressa de prévenir M. Le Royer de la situation des choses. Je ne puis pas vous laisser ignorer, lui dit-il, que le résultat de l'enquête est tout en faveur de M. de Malherbe et que mon successeur est son ami intime.

La position devenait assez délicate pour M. Le Royer et surtout pour son client. Aussi s'empressa-t-il d'aller trouver le nouveau ministre et fit-il tous les efforts possibles pour tâcher d'effacer de son esprit la mauvaise impression qui aurait pu s'y produire ; il fut

question de malentendus, de droits méconnus,
enfin l'avocat lyonnais plaida *les circonstances
atténuantes*. Mon cher collègue, répondit M.
de Goulard, le plus courtois, le plus bienveillant des hommes, vous vous êtes embarqué
dans une mauvaise affaire, vous avez sans
doute été égaré par de faux renseignements
que votre amitié a accueillis trop facilement,
n'en parlons plus ; mais dites à votre ami que
je n'aime pas les dénonciateurs, surtout
quand les dénonciations blessent à la fois les
devoirs de la confraternité et de la hiérarchie.

Trois ou quatre jours après cette conversation, M. Faure était à Paris, obtenait une audience du ministre, s'excusait très piteusement,
et pleurait en disant qu'il ne le ferait plus.

Je dois dire, à ce propos, que M. Faure
a la larme facile, que c'est un de ses moyens
de succès, et une de mes malades me racon-
tait, un jour, à ce sujet, un détail assez
plaisant : Si vous saviez, lui disait avec
attendrissement une de ses amies, comme ce
M. Faure est bon ! il a pleuré avec moi, ce
matin... C'était certainement des larmes de

crocodile, mais c'est égal, ça fait toujours de l'effet sur une femme sensible.

Je n'ai pas besoin d'ajouter que les détails relatifs au rôle joué dans l'affaire que je viens de raconter, par M. le Royer et son ami M. Faure, m'ont été donnés par M. de Goulard lui-même, et j'en certifie la plus rigoureuse exactitude.

Je triomphais donc sur toute la ligne; je ne voulus pas profiter de la circonstance pour exercer une vengeance, quelque légitime qu'elle pût être, et, bien que j'éprouvasse le vif désir de faire de plus près la connaissance de l'avocat lyonnais, qui, sans me connaître, avait joué vis-à-vis de moi un si vilain rôle, je me rendis aux conseils pacifiques que me donna mon ami de Goulard.

Après avoir raconté par le menu cet épisode, je ne veux pas omettre un incident qui en fut le couronnement.

Presque au moment où il venait de se terminer, l'Association Générale des médecins de France tenait, à Paris, son assemblée annuelle. La Société du Rhône avait fait

choix, pour la représenter, de M. le Dr Desgranges, un de ses membres les plus éminents
par son savoir autant que par son honorabilité,
et qui, un peu plus tard, était, à Lyon, le candidat du parti conservateur pour les élections
législatives, — et, par une singulière fantaisie, peut-être par l'amour des contrastes,
elle lui avait adjoint M. Faure..., le vrai
Faure de Néris, qui habite Lyon pendant
l'hiver. Tardieu, qui était alors président de
l'Association Générale, réunit dans la soirée
traditionnelle, dont il faisait les honneurs
avec tant de charme, les délégués de pro-
vince ; il invita M. Desgranges et n'invita pas
M. Faure !... Un des principaux membres
de la presse médicale, jouissant d'un grand
crédit pour ce qui concerne l'Association, ami
de Tardieu, et auquel une réclamation était
parvenue, courut chez l'aimable président et
lui dit : Vous avez commis une omission qu'il
faut réparer bien vite ; vous avez envoyé une
invitation à M. Desgranges, et M. Faure, son
collègue, n'en a pas reçu. Mais ce n'est pas
une omission, réplique vivement Tardieu ;

vous ne savez donc pas ce qui vient de se passer. Il lui raconte alors l'épisode en question, le rôle que M. Faure y avait joué et conclut en disant : Je ne reçois pas les dénonciateurs chez moi. L'ambassadeur n'en demanda pas davantage.

Pour qui a connu Tardieu, cet homme si généralement bienveillant, bienveillant jusqu'à la banalité, il fallait que la mesure fût bien comblée pour qu'il se laissât aller à cet accès de virile indignation.

La saison thermale de 1872 se passa sans incident particulier ; celle de 1873 s'ouvrit dans les mêmes conditions et je pouvais croire que les choses se borneraient désormais à une absence complète de rapports entre M. Faure et moi.

La situation en était là, lorsque, le 10 juillet, à 6 heures du matin, au moment où j'entrais dans la galerie des hommes, M. Faure m'aborda, son chapeau sur la tête, lui, qui, dépassant la politesse de M. de Coislin, l'a toujours à la main, dans la rue, quelle que soit la personne à laquelle il parle, et m'inter-

pellant sur un ton fort inconvenant, me dit
que j'empêchais ses malades de se baigner...
Je fus abasourdi, je l'avoue, et du reproche
auquel je ne comprenais rien et du ton sur
lequel il était fait, et que je n'étais pas d'hu-
meur à supporter. Je me bornai à répondre à
M. Faure : Vous êtes un impertinent, je ne
veux avoir ici aucun rapport avec vous, j'en
aurai ailleurs, si vous le voulez... et, pour
éviter une scène de pugilat, qui aurait pu se
produire et qui aurait été peu édifiante, je
poursuivis mon service et entrai dans le
cabinet de bain d'un de mes malades.

On comprendra facilement qu'après ce qui
s'était passé l'année précédente et la mansué-
tude à laquelle je m'étais résigné, je fusse
peu disposé à accepter de la part de M. Faure
des procédés comme celui qui venait de se
produire et qui pouvait se renouveler. Pour
en finir, je lui écrivis, et lui fis remettre,
avant 7 heures, la lettre qu'on va lire.

Mais auparavant, pour en faire comprendre
un passage et en même temps pour faire
apprécier le personnage, je dois raconter

l'incident que voici : Vers le milieu du mois
d'août 1869, la dernière saison que M. de
Laurès passa à Néris, à propos de je ne sais
quel détail de service, M. Faure, auquel, depuis quinze ans, il n'avait pas parlé, s'approche de lui et lui dit : « f... canaille ! » ...
Une heure après, M. de Laurès envoyait des
témoins à M. Faure, qui en désignait de son
côté ; il y avait, d'une part, M. de Wares-
quiel, de l'autre, M. de Féligonde ; je cite les
noms pour bien préciser. Une rencontre fut
arrêtée pour la seconde quinzaine de septembre, époque à laquelle la saison thermale
serait terminée. Le 15 septembre, avant de
quitter Néris, M. de Laurès écrivit à M. Faure
que, dans la position où ils se trouvaient et
avec les sévérités de la jurisprudence *Dupin*,
en matière de duel, il jugerait probablement,
comme lui, convenable de vider leur affaire
en Belgique, qu'il lui donnait donc rendez-
vous, le 23 septembre, à Bruxelles, où il
serait à tel hôtel. Il eut la naïveté de s'y
rendre avec ses témoins, mais il n'y trouva
qu'une lettre de M. Faure, répondant qu'il

n'éprouvait pas le besoin de faire connaissance
avec Bruxelles... et l'affaire en resta là.

Dans ces détails, je ne puis affirmer qu'une
chose, c'est que je les donne scrupuleuse-
ment, tels que de Laurès lui-même me les a
racontés. Comme je croyais à leur exactitude,
et qu'en matière pareille, je n'aime pas les fins
de non-recevoir, c'est là l'explication de l'allusion à Bruxelles que l'on va trouver dans ma
lettre.

« *A M. Faure, médecin-inspecteur*
adjoint, à Néris.

« Néris, 10 juillet 1873.

« Monsieur, je ne puis absolument rien com-
« prendre à la façon fort inconvenante dont
« vous m'avez abordé ce matin, et je ne sais
« même pas ce que vous avez voulu me dire :
« si vous avez quelque réclamation à m'adres-
« ser au sujet du service, faites-le poliment, et,
« pour éviter toute discussion fâcheuse, faites-
« le par écrit ; si elle est fondée, je m'empresse-
« rai d'y faire droit. Si c'est une querelle que
« vous avez voulu me chercher, comme vous
« l'avez fait dans le temps vis-à-vis de M. de
« Laurès, dites-le : malgré l'exception *d'indi-*
« *gnité* que je pourrais élever en raison des

« *dénonciations* contre moi, dont vous avez été
« l'auteur clandestin, j'accepte. Que l'affaire
« soit traitée régulièrement, comme elle doit
« l'être entre gens qui savent vivre, et je
« prends l'engagement de ne pas vous fournir
« la fin de non-recevoir de *Bruxelles*. Mais, je
« vous en prie, Monsieur, pour la dignité de la
« profession à laquelle nous appartenons, point
« de scène en public et devant des gens de
« service, comme vous l'avez fait aujourd'hui.

« C'est l'homme privé qui vous écrit cette
« lettre ; le fonctionnaire croit devoir informer
« M. le préfet de ce qui s'est passé. »

Immédiatement après avoir écrit cette lettre, dans la pensée que je recevrais une
réponse dans la journée, et voulant traiter
l'affaire *sérieusement*, j'allai trouver le général Allard, ancien président du comité de la
guerre au conseil d'Etat, et le docteur Drouet,
médecin en chef de la marine à Rochefort,
dont je dirigeais le traitement, et leur demandai de vouloir bien m'assister, si les choses
suivaient le cours que je devais supposer, ce
que ces messieurs acceptèrent avec un obli-
geant empressement.

Deux jours se passèrent sans que je reçusse aucune réponse de M. Faure. Cette solution, qui n'en était pas une, et qui me rappelait trop l'épisode de Laurès, ne me convenait guère et j'eus, dans la matinée du 12, un entretien à ce sujet, avec le général Allard et le docteur Drouet ; je demandai à ces messieurs s'ils ne jugeaient pas à propos que je misse de nouveau M. Faure en demeure de se prononcer. En aucune façon, me dirent ces messieurs ; votre lettre à M. Faure était assez vive et assez nette pour qu'il ne pût pas se méprendre sur son but ; puisqu'il l'accepte sans rien dire, vous devez vous en tenir là. Soit, répondis-je ; mais, en matière pareille, on ne saurait être trop correct et je voudrais, pour clore l'incident, s'il ne doit pas avoir d'autres suites, que vous voulussiez bien m'exprimer votre opinion par écrit.

Une heure après je recevais la lettre suivante :

« Néris, le 12 juillet 1873.

« Monsieur et très honoré confrère,

« J'ai communiqué, selon votre désir, à M.
« le général Allard, la copie de la lettre que

« vous avez adressée avant-hier à M. Faure.
« L'honorable général considère que cette let-
« tre, si explicite et si digne, est, pour M.
« Faure, une mise en demeure, après laquelle
« toute démarche nouvelle de votre part devient
« inutile et je partage entièrement cette opi-
« nion si autorisée en pareille matière.

« Agréez, Monsieur et honoré confrère, mes
« sentiments d'affectueuse estime.

DROUET,
« Médecin en chef de la Marine. »

On comprend facilement que cet incident
fit, lorsqu'il se produisit, un certain bruit
dans une petite ville d'eaux. Je ne mis aucun
scrupule, pour ce qui me concerne, à montrer à beaucoup de personnes les deux lettres
qu'on vient de lire.

Il y eut un épilogue que voici : le préfet,
auquel j'avais cru devoir rendre compte de
l'incident, en référa au ministre ; le ministre
renvoya l'affaire au Comité *d'hygiène*, qui,
dans l'espèce, n'était pas précisément, à mes
yeux, *le Tribunal des Maréchaux*. Bref, il
en résulta deux lettres ministérielles, l'une de
blâme très accentué pour M. Faure, en raison

de son incartade, l'autre de blâme mitigé, à mon adresse, pour avoir été un peu vif.

Depuis lors il ne se présenta plus aucun incident ; il me revenait bien un peu, tous les ans, aux oreilles, que M. Faure n'avait pas perdu l'espoir de me remplacer, et que, lorsque ses amis arriveraient au pouvoir, il prendrait sa revanche ; je ne me préoccupais que médiocrement de ces cancans qui, à Néris, sous une forme, ou sous une autre, sont dans leur élément. J'avoue toutefois que, lorsque, en 1878, je vis M. Le Royer arriver au pouvoir comme garde des sceaux, son rôle de 1872 me revint à la mémoire et j'ouvris l'œil. Lorsque j'appris surtout que son intimité avec M. Faure était restée assez étroite pour que ce fût lui auquel il eût confié un soin domestique, son déménagement de Lyon, je ne pus m'empêcher de songer un peu *au mien...* j'étais, du reste, parfaitement résigné à mon sort. Mais M. Le Royer quitta le ministère sans que je fusse en rien inquiété, et j'eus la naïveté de croire que le successeur de l'Hospital et de d'Aguesseau était revenu à de meilleurs sentiments et n'avait pas voulu recommencer la besogne malpropre de 1872 (1).

C'était une illusion. Le 8 mai 1881, je recevais, à Paris, la lettre que voici :

Moulins, le 6 mai 1881.

« Monsieur le médecin-inspecteur,

« J'ai l'honneur de vous informer que, par « décision du 5 du courant, M. le ministre de « l'agriculture et du commerce vous a relevé de « vos fonctions de médecin-inspecteur des ther- « mes de Néris.

« Je vous prie de remettre, à M. le régis- « seur, les clefs de votre logement et le mobi- « lier pouvant appartenir à l'Etat. »

« Agréez, etc.   Le Préfet de l'Allier,

« LE MALLIER. »

(1) Il y a là, pour moi, *une inconnue* : mais je suis fondé à supposer que M. Le Royer, qui deman- dait ma révocation en 1872, qui ne l'obtenait pas, quand il était garde des sceaux, et qui était plus heu- reux quand il n'était plus que sénateur, avait ren- contré moins de complaisance chez M. Lepère, alors ministre du commerce, que chez son successeur, M. Tirard. Il est vrai que M. Le Royer et M. Tirard sont nés, l'un et l'autre, sur les bords du lac Léman ; ce sont deux austères genevois.

Je trouvai le *remerciment* un peu som-
maire et, curieux d'en savoir davantage, j'allai montrer cette lettre à M. Martenot, sénateur de l'Allier, en le priant de tàcher d'avoir
quelques explications du ministre lui-même.
Je siège à droite, me dit M. Martenot, mais
j'ai été, plusieurs années, le collègue de M.
Tirard à la Chambre des députés et je n'ai
aucune répugnance à le voir à cette occasion.

Le lendemain, en effet, le lundi 9 mai, M.
Martenot avait un entretien avec M. Tirard,
qui lui disait que ma révocation lui était
depuis longtemps demandée, qu'elle avait été,
en dernier lieu, réclamée par le préfet de
l'Allier, qui me signalait comme hostile au
gouvernement, et que cette mesure avait été
prise avec le concours de MM. Chantemille et
Cornil, députés de l'Allier. M. Martenot voulut bien protester contre l'incrimination dont
j'étais l'objet, en affirmant que, lui qui habi-
tait le pays, au moment de l'année où j'y étais
moi-même, pouvait certifier que je n'y avais
jamais fait de politique d'aucune couleur, et
surtout s'étonner du rôle attribué, dans cette

circonstance, à MM. Chantemille et Cornil, avec lesquels il savait que je n'avais jamais eu que de bons rapports.

Sur la demande de M. Martenot, M. Tirard voulut bien me recevoir le mercredi matin, et me répéter, à peu près textuellement, ce qu'il avait dit au sénateur de l'Allier. Je dois dire que M. le ministre fut très courtois et me laissa toute liberté dans mes explications. Lorsque je lui manifestai mon étonnement que ma révocation eût pu être demandée par un préfet qui n'était dans le département que depuis quelques mois, qui ne me connaissait pas, avec lequel je n'avais jamais eu de rapports; lorsque je lui dis que je portais à qui que ce soit le défi de citer un fait qui pût justifier les incriminations dont j'étais l'objet ; lorsque, surtout, je lui parlai de l'épisode de 1872, du rôle qu'y avait joué M. Le Royer et de la conduite suivie par le ministre d'alors, lorsque enfin je terminai ma défense en ajoutant : Quand j'ai pris l'inspection de l'établissement thermal de Néris, j'ai trouvé les recettes à 35,931 fr. (1869) ; je les laisse à 69,600 fr. (1880),

M. Tirard eut l'air très ébranlé, — c'était évidemment le *second mouvement,* — et l'entretien se termina par ces mots de sa part : « Je vais me faire représenter votre dossier et je l'examinerai avec attention. »

Ce qui me préoccupait le plus, je l'avoue, et ce que je n'avais pas pu discuter librement avec le ministre, c'était le rôle attribué aux deux députés de l'Allier, rôle aussi contraire à mes légitimes suppositions qu'à mes informations personnelles.

Aussi, le jour même, je voyais mon honorable confrère, M. le docteur Cornil, qui, dans cette circonstance, avait la double autorité de la position qu'il occupe dans la science médicale et de son titre de député de l'Allier. M. Cornil protesta vivement contre le rôle qui lui était attribué et me dit : Non-seulement je ne suis pour rien dans ce qui vous arrive, mais je n'ai eu aucun avis à exprimer, personne ne m'en a demandé ; il y a mieux : la Chambre ouvre demain ; si M. Chantemille est arrivé et que cela lui convienne, nous ferons ensemble une démarche auprès du ministre.

Le lendemain, jeudi, j'allai à la Chambre ;
M. Chantemille n'était pas arrivé, mais M.
Cornil avait eu, au sujet de Néris, avec le
ministre, une longue conversation dont celui-
ci avait pris l'initiative ; le ministre lui pa-
raissait très embarrassé, n'osant pas revenir
sur une décision qu'il avait prise peut-être un
peu légèrement, mais paraissant craindre de
s'être trompé ou plutôt d'avoir été trompé, en
un mot très hésitant. Si c'est pour nommer
M. Faure que vous avez révoqué M. de Malherbe, lui dit, en terminant, M. Cornil, je
crois que vous avez eu tort et que vous ne
gagnerez pas au change. Pour moi le choix ne
serait pas douteux.

Le lendemain, je vis M. Chantemille, qui
voulut bien m'affirmer que, dans cette circonstance, il ne s'était mêlé de rien et qu'il
n'était pas sorti de la neutralité bienveillante
dont il s'était fait une loi pour ce qui me con-
cernait. Je n'avais pas le droit de lui demander, je ne lui demandai pas davantage.

J'ai cru devoir insister sur ce détail qui,
au point de vue de la *moralité* de la mesure

4

qui m'a atteint, a une grande importance.
M. le ministre Tirard a dit, dans son entretien avec M. le sénateur Martenot, que cette
mesure avait eu le concours ou l'assentiment,
— je ne me rappelle plus au juste les termes,
— des deux députés de l'Allier, que je viens
de citer. Je ne puis pas croire que ce soit là
une invention du ministre ; l'assertion vien-
drait donc du préfet et aurait été produite à
l'appui de son rapport... ce serait bien grave.
Dans tous les cas, de quelque part que vienne
l'assertion, j'ai le droit de dire qu'elle est
absolument *contraire à la vérité.*

Je dois ajouter que, pour être édifié sur ce
point essentiel, j'ai pris la liberté de m'adresser à M. le préfet Le Mallier, lui-même. Je
lui ai écrit, à ce sujet, à la date du 4 juin,
une lettre très polie, qui est restée sans
réponse, — faut-il s'en étonner ?

J'ai donc le droit de le dire bien haut, la
mesure qui m'a frappé et dont un préfet,
avec lequel je n'ai jamais eu de rapports, a
pris l'initiative, ne peut s'appuyer sur aucun

fait sérieux et avouable, elle ne peut être
attribuée à aucun des députés de l'Allier, elle
est, évidemment, l'œuvre des dénonciateurs
de 1872, œuvre impitoyablement poursuivie
et sans doute considérablement augmentée
en 1881.

Je ne crois pas, en effet, qu'un petit pam-
phlet qui s'est produit l'an dernier, et auquel
j'ai dédaigné de répondre, ait pu, en raison
de la source dont il émanait, avoir, à cette
occasion, beaucoup d'influence. Dans cette
œuvre d'un notaire, qui a eu des malheurs
devant *sa Chambre*, et qui a été révoqué de
ses fonctions de maire de Néris, pour irrégularité dans la distribution des fonds du
bureau de bienfaisance, il était très vivement
reproché à M. Chantemille de n'avoir pas
consenti à demander la révocation du médecin-
inspecteur de Néris, *bonapartiste de la plus
sale eau* (sic)... SALE EAU, c'est bien là la
signature du chef du radicalisme nérisien.
Les objurgations de l'ancien maire de Néris
auraient donc dû être une bonne note pour
moi, puisque j'avais l'honneur de les partager

avec le député républicain de l'arrondissement
et le préfet du département.

Mais poursuivons le récit de cette petite
comédie, qui approche de son dénoûment.

Après plusieurs jours d'oscillations de la
part du ministre, ma révocation fut maintenue. Mais voilà où les difficultés commen-
cent : le ministre s'était engagé, vis-à-vis des
hautes influences qui avaient mené la campagne, à nommer directement M. Faure à ma
place. Votre successeur, m'avait-il dit, dans
notre entretien du 10 mai, est nommé ou va
l'être. Je m'étais permis d'exprimer un doute
à ce sujet, et de dire au ministre qu'il ne
pouvait pas en être ainsi, à moins qu'il ne
voulût s'affranchir de la présentation, ordi-
nairement obligatoire, du Comité d'hygiène,
et cette objection avait paru l'embarrasser.
Huit jours se passèrent en hésitations ; mais
une influence très puissante auprès du ministre, pour la question dont il s'agissait,
influence que je pourrais désigner plus clai-
rement et qui n'était pas pour M. Faure,
finit par l'emporter ; le Comité d'hygiène fut

saisi, la voie ordinaire fut suivie, et dans la séance du 30 mai, le Comité arrêtait la liste de présentation.

C'est ici qu'apparut, dans tout son jour, le motif qui faisait si vivement désirer à M. Faure d'échapper à l'intervention du Comité. Il se doutait bien qu'il y aurait un concurrent, avec lequel il faudrait compter et, malgré ses actives démarches, malgré toutes les influences qu'il mit en mouvement, ce fut M. le docteur de Ranse, exerçant à Néris depuis quelques années, qui fut présenté en première ligne. M. Faure ne fut que le second, je pourrais dire le dernier, car, pour se conformer aux prescriptions règlementaires, le Comité donna la troisième place à un médecin qui apparut tout d'un coup, comme sortant d'une boîte à surprise, et qui n'avait guère d'autre titre que d'être le proche parent du préfet de l'Allier, ce qui peut être quelque chose dans le département, mais ne pèse pas d'un grand poids devant le Comité d'hygiène, même épuré.

Il y a cependant, à ce propos, une réflexion

à faire, c'est que ce parent du préfet, qui apparaît au dernier moment sur la scène, et qui, évidemment, ne pouvait avoir en vue sérieuse que de remplacer M. Faure comme adjoint, peut bien expliquer le rôle que le préfet a joué dans l'affaire.

Toujours est-il, et c'est là le point sur lequel je ne saurais trop insister, que M. Faure, dont *j'avais pris la place* en 1870, qui est à Néris depuis vingt-cinq ans, a été primé, dans la présentation du Comité, par un candidat qui, sans diminuer en rien des titres que je ne méconnais pas, n'exerce à Néris que depuis quelques années. Et j'ai le droit d'ajouter, parce que personne ne l'ignore, que dans ce Comité, composé mi-partie de médecins et mi-partie d'administrateurs, presque tous les médecins ont voté pour M. de Ranse et que M. Faure n'a eu que les voix de quelques administrateurs, comme le directeur des douanes, l'architecte du ministère, etc., sur lesquels l'administration supérieure a toujours beaucoup d'influence.

Il ne peut donc plus être désormais ques-

tion de la légende que M. Faure a répandue
pendant dix ans au sujet de *l'injustice* dont
il aurait été victime en 1870 ; le Comité
d'hygiène en a fait litière par sa présentation,
et je puis ajouter (on sait facilement ce qui se
passe dans une réunion de vingt personnes),
que son rapporteur, M. le docteur Dubrisay,
dont l'orthodoxie politique ne peut pas être
mise en doute, avait déjà, dans son rapport,
réduit cette prétention à sa valeur, en démon-
trant la parfaite régularité de ma nomination.

Après la présentation faite par le Comité
d'hygiène, les actions de M. Faure étaient
bien en baisse, les amis de M. de Ranse, dont
quelques-uns étaient influents auprès du ministre, regardaient sa nomination comme certaine. Mais, dans le camp opposé, on ne per-
dait pas son temps et, d'après les renseignements qui me sont venus de bonne source, il
se serait agi d'une des positions les plus
importantes de l'Etat, il aurait fallu, par
exemple, donner un successeur à M. An-
drieux, qui venait de quitter la préfecture de
police, qu'on n'aurait pas mis en mouvement

plus d'influences. Toutes les nuances de l'arc-
en-ciel politique, toutes les relations qu'a pu
se créer M. Faure, dans sa longue pratique à
Néris, sont arrivées à la rescousse.

On me cite parmi ceux que s'est adjoints
M. le Royer, qui continuait à mener la campagne, son collègue au Sénat, l'excellent Cte
R... qu'on appelle plaisamment le duc d'Au-
male, *en vieux*, et qui n'est, comme beaucoup d'autres, qu'un orléaniste égaré dans
les rangs de la république.

Sous de pareils assauts et avec son caractère irrésolu, il était bien difficile que M.
Tirard ne finit pas par céder, et puis comment
résister à deux vice-présidents du Sénat,
lorsqu'on ne serait peut-être pas fâché d'être
sénateur soi-même? Cependant, lorsque je
parle des irrésolutions de M. Tirard, je ne
puis oublier que, dans la journée célèbre du
31 octobre, lors de l'envahissement de l'Hôtel
de Ville par les bandes de Blanqui et de Delé-
cluse, il montra beaucoup de résolution et de
courage et que cette circonstance n'a certainement pas été étrangère à sa rapide fortune

politique. L'honorable ministre du commerce appartiendrait-il à cette variété de militaires qui, très braves au feu, ne sont plus que des *poules mouillées* dans les épreuves de la vie civile ?

Jugez-en : le mercredi matin, 1er juin, la nomination de M. de Ranse était regardée comme certaine ; M. Faure lui-même abandonnait la partie, quittait Paris dans la soirée et, le jeudi matin, rentrant à Néris l'oreille basse, disait à l'un de ses notables habitants : « Eh bien, décidément je ne serai pas nommé inspecteur ; on me reproche d'avoir été inspecteur-adjoint sous l'Empire ! »

C'était piquant. Mais, dans la soirée du mercredi, le vent avait changé ; M. Tirard signait la nomination de M. Faure comme médecin-inspecteur et celle de M. de Ranse comme adjoint.

Évidemment le premier mouvement de M. de Ranse, — celui-là c'était probablement le bon et, d'après la doctrine de M. de Talleyrand, il ne devait pas être suivi, — ce premier mouvement dut être de refuser. Être l'adjoint

de M. Faure, lorsqu'on avait été présenté
avant lui par le Comité pour être inspecteur...
la pilule pouvait sembler un peu amère.
Mais, en y réfléchissant, mon honorable confrère se sera dit : après tout, le titre d'adjoint,
dont je ne serai pas obligé de me parer, n'im-
plique aucune subordination vis-à-vis de
l'inspecteur. Dans le temps où nous vivons,
les destins et les flots sont changeants, après
avoir eu la porte ouverte à deux battants, il
ne faut pas la fermer trop brusquement, et
puis, si je refuse, nous allons voir arriver le
cousin du préfet, donc acceptons. Ainsi fut-
il fait, et bien fait.

E finita la commedia.

Dr BONNET DE MALHERBE,
Médecin-inspecteur révoqué,
Médecin consultant à Néris.

POST-SCRIPTUM

(Extrait du *Figaro* du 24 juillet 1881.)

M. le docteur Bonnet de Malherbe, ex-
médecin-inspecteur des eaux de Néris, dont le
Figaro a raconté la révocation arbitraire,
nous adresse la lettre qu'on va lire et qui complète l'historique de cet épisode instructif :

Néris, 21 juillet.

Monsieur le rédacteur en chef,

J'ai hâte de vous remercier du bienveillant intérêt
avec lequel vous avez parlé de ma révocation et de la
petite brochure dans laquelle j'ai cru devoir raconter
en détail les particularités qui avaient précédé et
accompagné l'application qui vient de m'être faite du
système des épurations à outrance. Mais il y a un
côté sur lequel je vous demande la permission d'insister et qu'il est bon de mettre en relief au point de
vue de la moralité qui s'en dégage, c'est celui des
responsabilités.

Dans l'incident qui me concerne et qui vient
s'ajouter à tant d'autres, la plus grosse part de responsabilité, à mon sens, n'incombe pas au ministre
qui a signé ma révocation, mais à ceux qui l'ont
demandée ; c'est surtout par une insigne faiblesse
qu'a péché, dans cette circonstance, M. le ministre
Tirard. Mais, que dites-vous d'un confrère, qui,
pendant dix ans, m'a poursuivi de ses dénonciations

pour recueillir ma succession, d'un garde des sceaux, d'un successeur de l'Hôpital et de d'Aguesseau, qui lui a prêté son persévérant concours, d'un préfet enfin, qui, sans me connaître et dans l'espoir de profiter de l'occasion pour pousser un de ses parents, demande ma révocation et prétend avoir, en agissant ainsi, l'assentiment de deux députés de l'Allier, qui s'en défendent énergiquement, ce qui m'autorise à lui dire :

« *Mentiris impudentissime.* »

Je dois ajouter, et il est bon que mes amis le sachent, que la mesure dont j'ai été victime ne m'empêche en aucune façon de continuer, à Néris, une carrière déjà longue et honorablement parcourue, et que, si j'ai cessé d'avoir la confiance de M. Tirard et de M. le préfet de l'Allier, j'espère bien conserver, sans titre officiel, celle de mes malades.

Veuillez agréer, Monsieur le Rédacteur en chef, l'assurance de mes sentiments les plus distingués.

Dr BONNET DE MALHERBE

ÉPILOGUE

Le 20 Juin 1883, on lisait ce qui suit dans le journal *Le Centre* :

Dans la piquante brochure, qu'il publia, il y a deux ans, à l'occasion de sa révocation des fonctions de médecin-inspecteur des eaux de Néris, M. le Dr de Malherbe parlait des irrésolutions de M. Tirard, alors ministre du commerce, et des assauts qu'il eut à subir, pour l'holocauste qu'on lui demandait, de la part de MM. Le Royer et Rampon, alors vice-présidents du Sénat. Sous de pareils assauts, disait l'auteur de la brochure « *la Politique et la médecine des Eaux* » il était bien difficile que M. Tirard ne finît par céder ; et puis, comment résister à deux vice-présidents du Sénat, lorsqu'on ne serait peut-être pas fâché d'être sénateur soi-même !

Cet horoscope va se réaliser dans quelques
jours et avec un peu de patience l'ancien
horloger a vu arriver son heure.

Il serait vraiment difficile, pour démontrer
où en est tombé le gouvernement de notre
pays, de citer un meilleur spécimen que ce
type de commis-voyageur, doué d'une certaine
faconde qui pouvait trouver son emploi dans
la loge des francs-maçons dont il fut le plus
bel ornement, arrivant de prime-saut aux
plus importantes fonctions de l'Etat, et, après
avoir promené son incapacité du commerce
aux finances, allant chercher un repos bien
mérité dans le corps qui s'appelle encore la
Chambre haute !

COURRIERS
DE NÉRIS

Je tiens à faire remonter la publication de
ces *Courriers* jusqu'à la Saison de 1871 parce
que c'est à cette date que s'est fait le
changement de direction du *Casino* de Néris,
changement dont je m'honore d'avoir pris
l'initiative et dont je tiens à raconter l'origine.

A mon arrivée à Néris, en 1870, j'étais
informé que la direction du Casino était dans
des mains incapables, que mon prédécesseur,
M. de Laurès, avait pu, à grand'peine, obtenir
une année de prolongation pour le titulaire,
surtout dans le but de lui trouver un
successeur dans de meilleures conditions.

Il ne me fallut pas longtemps pour partager
l'opinion de mon prédécesseur, mon parti fut
promptement pris et dans le rapport généra

que le médecin-inspecteur était tenu
d'adresser au préfet, à la fin de la saison
thermale, j'insistai vivement sur la nécessité
de donner un remplaçant au concessionnaire
du Casino pour la saison suivante. Mais les
graves événements qui se succédèrent depuis
cette époque (Septembre 1870) rendirent la
solution du problème assez difficile.

A la fin d'Avril, j'étais à Versailles où le
gouvernement était établi, dans les circonstances que l'on sait ; le titulaire du Casino de
Néris demandait la prolongation de la concession ; le directeur, auquel le Ministre avait
laissé le soin de cette petite affaire et que
j'avais vu à ce propos, était fort embarrassé ;
je suis tout à fait de votre avis, m'avait-il dit,
sur la nécessité de mettre dans de nouvelles
mains le Casino de Néris, mais avez-vous
quelqu'un à me proposer? Quant à moi, je n'ai
personne.

La situation était embarrassante ; le problème ne pouvait être résolu qu'à Paris ; mais
Paris n'était pas bien tentant à cette époque...
5 *Mai 71 !* cependant je me décidai à faire ce

petit voyage, comme je ne l'avais jamais fait ;
il était alors fort pittoresque et durait de sept
à huit heures. Sur les informations qui me
furent données je m'adressai à une agence très
connue pour la spécialité qui m'intéressait,
celle de M. Giacomelli.

A quelques jours de là, je recevais à Néris,
sur les indications de M. Giacomelli, la visite
d'un jeune artiste, premier violon à l'Opéra,
M. Danbé, auquel l'affaire souriait beaucoup,
qui me parut dans d'excellentes conditions
pour la mener à bonne fin et, sur ma proposition et l'avis favorable du préfet, il fut
promptement agréé par le Ministre. Je fus
même assez heureux, malgré la dureté du
temps, pour faire porter la subvention accordée
par l'Etat de mille francs à quinze cents ; cette
subvention, sur mes propositions, a été progressivement augmentée, et, en 1881, lorsque
j'ai quitté l'inspection des eaux de Néris, elle
était, sous diverses formes, d'environ cinq
mille francs. J'ajoute, pour être historien fidèle,
et j'en suis heureux, que si, pendant quinze
ans, la direction du Casino de Néris a créé un

nouvel attrait pour cette intéressante station thermale, elle n'a pas nui à la brillante et rapide carrière de M. Danbé.

Si l'on fait mieux aujourd'hui, — à chaque jour suffit sa besogne, — je ne serai pas le dernier, quoique de bien loin, à y applaudir.

COURRIER DE NÉRIS.

—

Juillet 1871.

Nos premières impressions sur la nouvelle direction du casino de Néris, auxquelles nous donnions, il y a un mois, un libre cours dans ce journal, se sont de tout point confirmées. Le complet succès de M. Danbé est aujourd'hui hors de doute et depuis longtemps on n'avait vu une affluence aussi nombreuse et aussi fidèle dans les salons de Néris. Le talent des artistes, l'heureux choix des morceaux, la variété dans la composition des spectacles, le *comme il faut* joint à une dose suffisante de gaîté, c'est bien là ce qu'il fallait à cette charmante station de Néris, où le bon goût ne doit jamais être négligé. N'oublions pas en effet que Néris n'est pas une station thermale où l'on *s'amuse*, dans le sens vulgaire du mot, mais où l'on ne doit chercher que la distraction dans les proportions que comporte l'état de santé de la plupart des malades qui viennent y chercher la guérison ou tout au moins le soulagement qu'y trouvent de cruelles maladies. C'est là le caractère, de vieille date déjà, qu'il faut lui conserver et que savait si bien faire ressortir, il y a une trentaine d'années, la plume élégante de ce charmant vicomte de Launay, ce pseudonyme aujourd'hui connu de tout le monde, voile transparent sous lequel se cachait Delphine de Girardin, qui fut l'une des femmes les plus spirituelles et l'un des meilleurs poètes de son temps.

Le problème toutefois n'est pas aussi facile à résoudre qu'on pourrait le supposer ; l'espèce n'est pas perdue de ces esprits chagrins que rien ne peut satisfaire et qui voudraient que

pour leurs *deux francs* on leur servit Patti ou
Nilson et probablement un sorbet par-dessus
le marché, quand la canicule sévit comme elle
vient de le faire pendant une quinzaine de
jours.

Heureusement qu'il y a des gens plus
raisonnables et, en fin de compte, c'est la
majorité. Aussi, depuis un mois qu'ils sont
ouverts, et malgré ces chaleurs sénégaliennes
qui ont mis tous les malades au régime des
bains de vapeur, avec ou sans prescription de
médecins, les concerts de Néris ont-ils été,
comme nous venons de le dire, très assidû-
ment suivis. Hier surtout, la réunion a été
particulièrement brilllante ; c'était la soirée de
bénéfice de M. Pottier, le chanteur comique
dont nous avons déjà parlé, et qui, grâce à un
entrain et à une verve intarissables, grâce
aussi à ce genre qui est toujours le plus populaire, a particulièrement conquis les sympathies
du public.

Le spectacle avait été composé avec beaucoup
d'intelligence, et l'auditoire sympathique a

vivement applaudi le bénéficiaire dans les *Cocasseries de la Danse*, une charmante fantaisie qui était l'un des triomphes de cet aimable artiste, toujours si jeune, si leste et si pimpant, auquel la fatale année de 1870 n'a pas voulu faire grâce, l'excellent Levassor, — et puis dans *Lischen et Fritzchen*, une des plus naïves créations d'Offenbach. ·

Disons aussi que l'auditoire était digne des artistes et que, malgré la dureté des temps, la la clientèle de Néris n'a pas dégénéré et qu'elle a conservé ce caractère d'élégance et de distinction par lequel elle s'est toujours fait remarquer.

On ne songera pas à en douter, quand nous dirons que l'on compte dans ce moment parmi les hôtes de Néris, le duc de Maillé, le marquis d'Aligre, le marquis de Fontange, le comte de Costa de Beauregard, le comte de Marolles, la marquise de Barbantanne, le général Bastoul, l'amiral de Surville, le peintre Gustave Moreau, et une foule d'autres notabilités. Ajoutons que M. Rambourg de Commentry, dont le nom

populaire s'identifie avec une des principales
industries de la contrée, a bien voulu, après
une longue et brillante carrière, accepter le
fardeau de la mairie de Néris et qu'il y consacre
toute l'activité de sa verte vieillesse.

Néris, 4 Juillet 1882.

A peine de retour dans ce cher Néris que
je revois toujours avec un nouveau plaisir,
j'en apprends de belles... Comment ! cette
guerre idiote qui, sans rime ni raison, et sous
le régime de la *Liberté* et de la *Fraternité*,
s'acharne depuis quelque temps contre tout ce
qui touche à la religion, cette chasse à
outrance dirigée par de vrais *Peaux-Rouges*,
n'a même pas épargné la paisible cité
thermale ! Le notaire prêtrophobe, qui la tient
sous sa férule, de concert avec ses dignes
acolytes, a eu, lui aussi, l'heureuse inspira-

tion d'interdire, cette année, la procession de
la Fête-Dieu ! Il est vrai que, depuis quelque
temps, les notaires ne portent pas bonheur au
département de l'Allier ; il y en a, dans ce
moment, deux à l'ombre : celui de Néris est
malheureusement en plein air et s'y livre, en
toute liberté, à ses ineptes fantaisies.

Et voyez jusqu'où peut aller la monomanie
anti-religieuse lorsqu'elle s'empare de ces
têtes-là ; lisez les singuliers motifs que l'on
a invoqués pour interdire une des cérémonies
du culte catholique les plus populaires et qui,
à Néris, n'a jamais rencontré que la plus
respectueuse sympathie :

« Attendu, dit l'arrêté, qu'une manifestation religieuse pourrait, dans la ville de
Néris, donner lieu à une manifestation contraire... »

« Attendu qu'il importe, dans l'intérêt de
l'ordre public, d'éviter toutes causes de
scandales, de troubles ou de conflits... »

« Considérant que les membres du conseil

municipal, à une grande majorité, se sont faits sur ce point les interprètes de la population, etc.... »

« Arrête :

« Les processions religieuses de toute sorte sont interdites sur la voie publique. »

· On ne sait en vérité ce qu'il faut le plus admirer, de l'insanité de la mesure ou de la cynique audace avec laquelle on cherche à la justifier.

Mais voici le bouquet : « *Le commissaire de police*, dit en terminant M. le maire, est chargé de veiller à l'exécution du présent arrêté, qui sera notifié immédiatement à M. le curé de Néris. »

Mais, farceur que vous êtes, vous savez bien qu'il n'y a plus de commissaire de police à Néris, que c'est vous et votre bande qui n'en avez plus voulu, pas plus que des deux gendarmes qui lui avaient succédé et que vous avez fait renvoyer en refusant de les loger. Je reconnais volontiers que la paisible popu-

lation de Néris pourrait s'en priver ; mais ne
tombe-t-il pas sous le sens que, dans une
localité thermale, où il passe une population
mobile de quatre à cinq mille personnes, dans
l'intérêt du bon ordre, un représentant de la
force publique serait nécessaire ?

Que se passe-t-il en effet depuis le commencement de la saison ? Cette petite ville, grâce
au bien-être qu'y apporte tout ce qui se
rattache à l'industrie thermale et dont tout le
monde profite, grâce à la charité de ses visi-
teurs, n'a presque point de pauvres ; mais ce
refuge passager de malades, qui ont tant
besoin de repos, est assiégé par une nuée de
mendiants, de tous les âges et de tous les
sexes, qui, à certains jours, en font une vraie
Cour des miracles. Il est vrai que c'est surtout
le voisinage de Commentry qui fournit cette
population nomade, qu'on laisse exercer librement sa triste industrie et parmi laquelle il
peut bien se trouver quelques électeurs du
député de l'avenir.

Mais ce n'est pas seulement pour ce qui

concerne les processions que la sollicitude
de l'édilité de Néris s'est si intelligemment
manifestée ; il y a dans la cité thermale une
institution qui, depuis plus d'un siècle, rend
les plus grands services, tant à la population
indigène qu'à un grand nombre de malades
de l'extérieur : c'est l'hôpital thermal. Cet
établissement, dû à une fondation pieuse,
grâce à l'intelligence et au zèle avec lesquels
il a été longtemps administré par les hommes
les plus honorables du pays, secondés par
l'inépuisable dévouement des · sœurs de la
charité de Bourges, s'est considérablement
accru et est aujourd'hui dans la situation la
plus prospère. Ses anciens administrateurs
l'avaient heureusement complété par une
annexe, qui répondait à un besoin de premier
ordre dans une localité thermale : un pensionnat destiné à recevoir des dames du
monde venant seules pour faire usage des
eaux et trouvant dans le voisinage de la chapelle un avantage qu'on est libre de ne pas
apprécier, mais que les apôtres de la *fraternité* et de la *liberté*, si malencontreusement

étalées sur notre modeste église, et si peu pratiquées, devraient au moins respecter.

Eh bien ! qu'est-il arrivé ? La commission administrative de l'hospice, prise d'une belle émulation, a voulu, elle aussi, faire de la *laïcisation* (mot barbare à l'usage de nos modernes barbares) et elle a décidé qu'à la fin de la saison thermale de cette année, les Sœurs de la Charité seraient renvoyées pour faire place à des infirmières laïques, et le pensionnat mis en adjudication ! !

Il ne sera pas inopportun de dire, à ce propos, comment la commission administrative est aujourd'hui composée : elle compte sept membres, dont le maire fait partie de droit et est le président. Sur ces sept membres, quatre ont voté la mesure ; ce sont : le maire, — cela va sans dire, — un représentant de Commentry, que l'on dit être un homme intelligent, mais qui est un *laïciseur* forcené et auquel les intérêts de Néris sont parfaitement indifférents, enfin deux hôteliers de

Néris, qui ne sont pas précisément le dessus du panier de la profession. Deux autres membres, deux honorables habitants de Néris, malgré leur orthodoxie politique, ont énergiquement refusé de s'associer à cette ineptie. Il y avait un septième membre, homme *avisé* et fonctionnaire public, M. Soulié, juge de paix à Montluçon, qui, n'approuvant pas la mesure, s'est trouvé dans ses *petits souliers*, et a esquivé la difficulté en donnant sa démission.

Ajoutons bien vite que la décision dont il s'agit a soulevé une véritable indignation dans tous les rangs de la population de Néris ; une pétition a été immédiatement adressée à M. le préfet — celui que ce gueux de Périgueux nous enviait et nous a enlevé, le Le Mallier dont il a déjà été question — pour lui demander de ne point sanctionner une telle insanité. Cette pétition fortement motivée, a promptement réuni un grand nombre de signatures, parmi lesquelles on compte celles de deux médecins (qui auraient probablement été plus nombreuses sans les *attaches*

officielles) et celles aussi de la plupart des
maîtres d'hôtel, sans distinction d'opinion,
lesquels ont eu le bon esprit de comprendre
que l'utile institution que l'on veut détruire
ne leur causait aucun préjudice, comme quelques nigauds l'ont prétendu.

Mais quittons ces misères pour parler de
choses moins tristes et disons un mot d'une
autre institution, qui a aussi son importance
à Néris, mais celle-là très *laïque* et à laquelle
nos édiles ne toucheront pas, quelque envie
qu'ils puissent en avoir, le *Casino*.

Au prix où sont aujourd'hui les artistes
lyriques, ce n'est pas chose facile que l'orga-
nisation d'un casino dans une station thermale ; aussi l'Etat, propriétaire des thermes
de Néris, a-t-il tenu compte des difficultés du
problème en augmentant progressivement la
subvention du concessionnaire. Cette subvention, dans l'espace de dix ans, a été triplée.
Grâce à ces conditions et au zèle intelligent
de M. Danbé, le Casino de Néris est devenu
l'un des meilleurs de nos stations thermales,

à la prospérité desquelles cet accessoire n'est pas indifférent. Ce qu'il y a de certain, c'est qu'il n'a pas nui à la fortune de son heureux directeur, ni à la haute position qu'il occupe aujourd'hui dans le monde lyrique.

Le public de Néris, dans lequel il y a beaucoup de *revenants*, est en général bienveillant et s'attache volontiers aux artistes qui l'ont un instant distrait de ses souffrances. Il se souvient encore de la charmante Mlle Nadaud qu'il avait vue partir avec chagrin et dont Mlle Emilie Dupont l'a heureusement consolé. C'est en effet une précieuse ressource pour un casino qu'une artiste comme Mlle Dupont, avec sa jeunesse, sa voix si franche, son ardeur infatigable et la bravoure avec laquelle elle est toujours sur la brèche ; aussi les habitués de Néris l'ont-ils revue avec un grand plaisir et ne lui ont pas marchandé leurs bravos. Ils auraient revu avec la même satisfaction son partenaire habituel, qui, lui aussi, était un enfant gâté de Néris, l'excellent Fugère. Mais comment voulez-vous que

Fugère songe aujourd'hui à Néris? Il ne s'est
même pas contenté de l'Opéra-Comique où il
était chef d'emploi, et il s'est laissé séduire
par un pont d'or, à la Renaissance... *auri
sacra fames* !

Hâtons-nous de dire que le choix de son
successeur diminuera nos regrets, en signa-
lant l'heureux début de M. Pascal Bouhy,
qui nous semble digne de porter un nom
illustré par son frère aîné sur nos premières
scènes lyriques.

Nous ne voulons pas dissimuler à M. Danbé
que ce début était impatiemment attendu et
que, pendant la quinzaine qui vient de s'écou-
ler, il y a eu du *tirage* pour organiser les soi-
rées du casino. Enfin le *maître* lui-même est
arrivé : son œil, et au besoin son archet, ne
seront pas indifférents pour la bonne direction de nos concerts. La trop longue indispo-
sition dont il a été atteint et qui a si malencontreusement retardé la reprise de *Joseph*, à
l'Opéra-Comique, a peut-être fait aussi qu'il a
eu la main un peu moins heureuse cette

année que d'habitude, dans son *ensemble* ; mais nous avons la ferme confiance qu'avec sa bonne direction, un peu plus de sévérité dans le choix des pièces, beaucoup de bonne volonté chez tout le monde, à défaut de voix chez quelques-uns, tout ira bien. — Ainsi soit-il !

Néris, 16 juillet 1882.

La fête dite *nationale* du 14 s'est passée avec beaucoup de. calme à Néris, et le souvenir des vainqueurs de la Bastille ne semble pas avoir éveillé de bien chaudes sympathies, dans la petite cité thermale. Quelques fusées et chandelles romaines sur la place de l'église, illumination à la mairie et à l'établissement thermal ; dans le quartier du *Bourg*, quelques lampions et lanternes vénitiennes chez les cafetiers et cabaretiers, ces grands justiciables de l'administration municipale ; dans le quartier du *Bain*, même déco-

ration chez deux fonctionnaires, le médecin
inspecteur et le débitant de tabac, — voilà à
peu près le bilan de la solennité.

Il est vrai qu'on nous a promis un petit
supplément pour aujourd'hui dimanche, mais
le temps, qui était fort beau avant-hier, a été
singulièrement troublé par l'orage d'hier au
soir et ne semble pas devoir favoriser les
réjouissances populaires.

Une remarque assez curieuse à faire, c'est
que pas un seul hôtel, même ceux dont les
propriétaires passent, plus ou moins justement, pour être favorables aux idées qui
triomphent aujourd'hui, n'a exhibé le moin-
dre lampion ; disons, si vous le voulez, que
c'est pour ne pas blesser la clientèle ; cela
prouverait tout au moins, ce que nous sa-
vions déjà, que cette clientèle manque d'enthousiasme pour les fêtes de la République.

Tout le monde n'a malheureusement pas eu
la même réserve, et l'aimable notaire qui di-
rige avec tant d'intelligence l'administration

de la cité thermale, et auquel nous consacrions, il y a quelques jours, un souvenir attendri, a saisi l'occasion pour faire des siennes.

Profitant des licences si malencontreusement accordées, dans la circulaire du 14 juin, par M. le directeur des cultes, et si énergiquement combattues, dans sa lettre pastorale, par Mgr Freppel, M. le maire de Néris a réquisitionné les cloches et assourdi ses administrés, pendant la soirée du 13 et la matinée du 14, par une sonnerie beaucoup trop prolongée et qui d'habitude a de plus heureuses applications.

Pendant que je tiens ce *cher* maire dont l'intelligente administration ne s'est jusqu'à présent signalée que par une imposition communale *extraordinaire* de 10 0/0, et qui, malgré sa prétention d'être un partisan des lumières, n'a pas encore pu doter sa *ville* d'un seul reverbère, je veux revenir un instant sur la jolie mesure dont j'ai parlé dernièrement et dont il faut lui attribuer le principal mérite.

J'ai eu la curiosité de prendre connaissance
de la délibération de la commission administrative de l'hospice thermal, en date du 4 mai
dernier, ayant pour objet la *laïcisation* de cet
établissement et, parmi les motifs qui ont
inspiré à la majorité de la commission la
mesure en question, je copie textuellement
dans le procès-verbal ce qui suit :

« La décision de la majorité de la commission, de *remercier* les religieuses, a été déter-
minée par diverses considérations d'ordre
administratif, économique, politique... »

Je fais grâce des deux premiers paragra-
phes et ne veux mentionner que le troisième,
qui est le plus ébouriffant et qui est ainsi
conçu :

« 3° Enfin, au point de vue politique, bien
qu'il *est* (sic) parfaitement entendu que nous
ne voulons nullement sortir de nos attributions et introduire la politique dans nos dis-
cussions, il nous a paru dangereux, pour ne
pas employer d'expression plus énergique, de
traiter avec une association religieuse, du

temps, des services, des personnes ayant abdiqué toute volonté individuelle, de personnes travaillant au profit de l'association seule ; nous n'avons aucune haine contre les personnes elles-mêmes, mais nous redoutons l'association formée par ces personnes. Traiter avec ces associations, employer leur personnel, c'est leur fournir les éléments qui leur permettent d'exister, de constituer un Etat dans l'Etat, etc... »

Et c'est en s'appuyant sur de pareilles âneries, exprimées en tels termes, que quatre individus qui s'appellent Boissier, Aujame, Lafont Pasquier et Alexandre Forichon (il est bon de les signaler à la reconnaissance de leurs concitoyens) ont pris une mesure qui a soulevé une si universelle réprobation et qui compromet si gravement les intérêts les plus vitaux de la cité thermale.

Et cependant, cette décision a été approuvée par la préfecture de l'Allier, le 7 juin dernier, dans la personne, il est vrai, du secrétaire général, ce qui permet encore d'espérer que

M. Genouille, — c'est, paraît-il, le nom du nouveau préfet, — mieux inspiré et tenant compte de la pétition des habitants de Néris, reviendra sur cette mesure.

A cette espérance il nous sera permis d'en ajouter une autre, c'est que la bonne harmonie qui a toujours existé entre la direction du Casino et l'administration préfectorale ne sera plus troublée, comme elle l'a été un peu dans ces derniers temps, et il faut bien dire à quelle occasion, quelque invraisemblable que la chose puisse paraître.

L'année dernière, pendant une représentation des *Pupazzi*, dans une de ces spirituelles fantaisies où M. Lemercier de Neuville se permet de mettre en scène, avec accompagnement de piquantes, mais toujours innocentes plaisanteries, quelques personnalités politiques, un spectateur grincheux fit entendre une protestation ; mais la salle entière manifesta son approbation en criant : haro sur le *Baudet !* et la représentation suivit paisiblement son cours.

Eh bien, il y eut, paraît-il, un rapport très malveillant adressé, à ce propos, à la préfecture par les autorités locales, — lesquelles ? je l'ignore ; ce n'était certainement pas par le commissaire de police dont il était dernièrement question dans un arrêté de M. le maire et qui, depuis longtemps, n'existe plus. Toujours est-il qu'on représenta cet incident comme un acte d'hostilité de la direction du Casino contre le gouvernement.

Indè iræ : lesquelles se sont traduites cette année de la singulière façon que voici : on a cherché à M. Danbé de petites querelles, dans lesquelles l'innocent jeu de *crokett*, qui fait les délices de tant de personnes, a failli sombrer. Heureusement, cher marquis du Cr..., que vous n'étiez pas à Néris, où l'on vous attend avec impatience ; sans cela je ne sais comment les choses se seraient passées. Après quelques jours d'interruption le crokett a été rendu à ses nombreux adeptes, mais seulement à titre de *tolérance*, et à la condition que M. Danbé serait bien sage.

L'administration a aussi exigé que M.
Danbé soumît à son visa le répertoire du Casino et il faut convenir que, jusqu'à présent,
elle a été assez bon enfant, car elle n'a pas
interdit le *Maître de Chapelle*, bien que
Bouhy y ressemble beaucoup à Louis XVI.

Assez causé pour aujourd'hui, et je remets
à un prochain *courrier* quelques observations
que j'aurai à produire au sujet des plaintes
qui vous ont été récemment adressées par un
baigneur et dans lesquelles il y a à prendre et
à laisser.

Néris, 1er août 1882

La décision de la commission administrative de l'hôpital thermal de Néris, dont j'ai parlé dans un précédent *courrier* et qui a si justement ému la population de la cité thermale, semble entrer dans une nouvelle phase.

Mardi dernier, la commission s'étant réunie pour la réception de la troisième série de malades, a été de nouveau saisie de la question par M. le préfet de l'Allier, à l'occasion de la pétition qui lui a été adressée et dont nous avons parlé. Il s'est alors produit un

incident assez curieux : par suite de l'absence d'un de ses membres et du changement
d'opinion d'un autre, la majorité s'est trouvée
déplacée ; il n'y a plus eu que deux membres favorables au renvoi des Sœurs, les trois
autres se sont montrés opposés à cette mesure ; mais M. le maire, président de la commission et principal promoteur de la *laïcisation* à outrance, s'est formellement refusé à
mettre aucune résolution aux voix.

Dans cette situation que va-t-il arriver ?
Un procès-verbal de la séance va nécessaire-
ment être adressé à M. le préfet et il faudra
bien que, bon gré mal gré, la commission se
décide à formuler une résolution en réponse
à la demande de l'autorité supérieure. Or,
dans la situation où se trouvent les choses
et en admettant que le membre qui a fait
défaut à la dernière réunion persiste dans son
opinion, la commission se trouvera partagée :
il y aura trois membres d'un côté et trois de
l'autre et, le président ayant voix prépondérante, c'est son opinion, c'est-à-dire le

remerciment des Sœurs, comme il l'a dit par
un charmant euphémisme, qui triompherait.

Eh bien, nous le demandons à toute personne de bonne foi, et sans parti-pris, est-il
possible qu'une institution séculaire qui se
lie d'une façon si intime aux intérêts les
plus vitaux de Néris, dont la suppression a
soulevé une si vive émotion dans la population, disparaisse dans de pareilles conditions?

Il nous semble impossible, quant à nous,
que le nouveau préfet de l'Allier, dont nous
ne connaissons pas encore l'opinion, puisse
prendre une pareille responsabilité. Malgré
ce qui a été fait, sa liberté nous semble entière à ce sujet ; il ne perdra pas de vue que
la décision de la commission administrative
de l'hospice n'a été approuvée, un peu légèrement peut-être, que par le secrétaire général, faisant son intérim ; et, édifié par la
séance de mardi et par la pétition qui lui a
été adressée, il laissera les choses dans le
statu quo.

Nous aurions bien voulu exprimer notre

opinion au sujet de réclamations qui se sont
produites, il y a quelques jours déjà, dans ce
journal et parler un peu des améliorations
dont Néris a besoin, mais le temps et l'espace
nous manquent et ce sera pour un prochain
courrier.

LE CASINO ET LES PAUVRES.

—

Néris, 8 août 1882.

Depuis quelque temps notre station thermale, d'habitude si paisible, est un peu agitée ; nous en avons déjà dit quelque chose, continuons aujourd'hui notre rôle d'historien fidèle, en suivant l'ordre chronologique.

Il y a peu de jours, M. Daubé, directeur du Casino, recevait de M. le maire de Néris, par ministère d'huissier, une assignation pour avoir à *comparoir* devant M. le président du tribunal de Montluçon, jugeant en référé, et s'y entendre condamner, en vertu d'une loi

de 93, à verser entre les mains du dit maire
le *quart* de ses recettes brutes, à titre de *droit
des pauvres*. M. le président, jugeant qu'il n'y
avait pas, dans l'espèce, à faire application
de la loi invoquée, s'est déclaré incompétent
et a renvoyé M. le maire à se pourvoir devant
le Conseil de préfecture.

Il y a là une question d'interprétation intéressante, nouvelle, que nous n'examinerons
pas au point de vue juridique et dont nous
nous bornerons à exposer sommairement les
éléments.

M. Danbé est, depuis douze ans, par voie
de concession directe d'abord, d'adjudication
publique plus tard, en possession de la direction du casino de Néris. Cette adjudication a
été faite, en dernier lieu, à des conditions
soigneusement stipulées dans un cahier de
charges, et parmi lesquelles figure l'obligation
de donner, pendant la saison thermale, au
jour choisi par M. le maire, un concert au
bénéfice des pauvres de la commune de
Néris. D'un autre côté, (et la chose est bonne

à dire aux personnes qui fréquentent Néris),
l'administration supérieure, pour assurer
l'existence d'une institution essentielle dans
une station thermale et ne pas la laisser absolument livrée aux caprices de la faveur publique, accorde à l'adjudicataire une subvention de 2,400 fr. par an, qui est à peu près
doublée par la jouissance gratuite de certains
immeubles.

Il tombe donc sous le sens qu'avec cette
obligation d'un concert au bénéfice des pauvres, d'une part, cette importante subvention, d'une autre part, il y a là une situation
complètement différente de celle des théâtres,
cafés-concerts, etc. et à laquelle n'est en
aucune façon applicable la législation qui
régit ces établissements. Nous avons donc la
ferme confiance que la singulière revendica-
tion de M. le maire de Néris, qui se produit
pour la première fois depuis plus de trente
ans que le casino de Néris existe, sera pé-
remptoirement repoussée par la juridiction
devant laquelle elle a été renvoyée.

Si, dans cette circonstance, M. le maire de

Néris n'a obéi qu'à un sentiment de sollicitude pour les pauvres de sa commune, nous ne pouvons pas l'en blâmer ; mais nous avons bien le droit de dire que l'inspiration n'a pas été heureuse et qu'à cet endroit son administration n'a pas beaucoup de succès : c'est ce que n'a que trop démontré ce qui vient de se passer à Néris à propos du concert au bénéfice des pauvres.

Ce concert était autrefois très productif ; en dehors du prix d'entrée qui rapportait cinq à six cents francs, on profitait de l'occasion pour faire une quête et nous nous rappelons, qu'en 1872, cette quête faite par l'intermédiaire de M. Paul Rambourg, alors maire de Néris, et du médecin inspecteur, avec l'aide de deux dames intelligemment choisies, produisit près de huit cents francs.

M. le maire actuel de Néris a changé tout cela : il a d'abord essayé une quête, à lui tout seul, avec l'aide de sa jeune fille, et le résultat en a été misérable. Aussi cette année, s'est-il empressé d'annoncer qu'il n'y aurait pas de quête, mais que le prix des places serait de cinq francs. Dans ces conditions le concert a eu lieu et, malgré l'attrait du programme, soigneusement composé par M. Danbé, qui s'y est fait entendre, il y a eu dix-huit billets de placés, dont *huit* seulement dans la population étrangère.

Disons bien vite comment ce résultat lamentable s'est produit.

Déjà, ˊ l'année dernière, des difficultés s'étaient présentées au sujet de la distribution des sommes recueillies. Mais, cette année, quand on a su que le vénérable curé de Néris, le fondateur du bureau de bienfaisance, en avait été brutalement expulsé ; quand on a vu quel esprit animait l'administration municipale de Néris ; en présence de cette guerre stupide et acharnée déclarée à tout ce qui touche aux institutions religieuses et dont le couronnement a été le renvoi des sœurs de l'hospice et de l'école ; lorsque Néris, depuis le commencement de la saison, a été, par l'absence de toute police, envahi

par une troupe de mendiants et transformé,
— nous l'avons déjà dit, — en une véritable
Cour des miracles.. Oh ! alors l'indignation
et le dégoût ont été à leur comble, et cette
population étrangère, d'habitude si sympathique à toutes les œuvres de charité, et dont
vous avez si bêtement froissé les convictions,
s'est dit : « Puisque nous n'avons que ce moyen
de protester, employons-le ; nous n'irons pas
à votre concert. »

Ainsi a-t-il été fait, et, comme nous venons
de le dire, *huit* billets seulement ont été
placés dans la population étrangère.

Mais hâtons-nous de rassurer les âmes cha-
ritables et de calmer l'indignation plus ou
moins sincère des *philanthropes* qui se sont
émus à cette occasion : bien que les belles
recettes d'autrefois soient difficiles à improvi-
ser, les pauvres de Néris ne perdront pas tout
et ne seront pas, autant qu'on pouvait le
craindre, victimes des maladresses de leurs
édiles : des quêtes ont été faites par des personnes sympathiques et dévouées ; une som-

me d'environ cinq cents francs a déjà été recueillie et, placée en *mains sûres*, elle arrivera à sa destination ; de nouvelles quêtes se feront et les intérêts des pauvres de Néris, si fâcheusement compromis, seront sauvegardés.

Profitons de l'occasion pour dire bien haut qu'en présence de cette guerre sauvage faite à toutes les institutions qui sont la base séculaire des sociétés civilisées, il ne faut pas s'endormir. Donc *sursum corda !* et que l'initiative privée, aussi bien en matière de charité qu'en matière d'éducation, soit constamment en éveil. Elle n'a pas fait défaut à l'occasion de l'incident qui vient de se produire à Néris, et nous avons tout lieu d'espérer qu'elle ne sera pas plus impuissante pour la réparation d'autres méfaits, et surtout pour garder à Néris, et l'école des sœurs, et l'établissement si recherché par une certaine classe de malades, et si indispensable à Néris, du pensionnat de l'hospice.

UN ENTERREMENT CIVIL.

—

Néris, 26 Septembre 1882.

Ce ne sont pas seulement les occupations *scientifiques* du citoyen Boissier au sujet du musée Rickotter qui, comme nous le pensions, l'empêchent de veiller aux intérêts de ses administrés, notamment pour ce qui concerne la taxe du pain ; il y a d'autres soins qui l'absorbent encore bien davantage. Nous avons déjà parlé de la campagne anti-religieuse si ardemment menée, depuis quelques mois, par le maire de Néris, de l'église polluée par son inscription trop laïque, des sœurs défini-tivement, et malgré la pétition des habitants

de Néris, expulsées de l'école et de l'hospice.
Cette œuvre inepte, et dont auront tant à
souffrir les intérêts moraux et matériels de la
petite cité thermale, a reçu son couronnement
il y a peu de jours.

L'enterrement civil était, jusqu'à présent,
chose inconnue à Néris ; ce joli spectacle nous
a été offert mercredi dernier : profitant de
l'affaiblissement physique et intellectuel d'un
pauvre ouvrier, malade depuis un an, de
tristes personnages lui ont inspiré l'idée de
demander un enterrement civil, vœu auquel
la famille du défunt, à son grand regret, n'a
pas cru pouvoir se refuser.

Donc, mercredi, après avoir rédigé le
testament comme notaire, le citoyen Boissier,
comme maire, s'est mis en devoir de l'exécu-
ter ; nous espérions, à cette occasion, lui voir
ceindre son écharpe ; mais, par une singulière
fantaisie, il l'a repassée à son garde-champêtre,
un ancien troupier auquel il ne faut pas trop
en vouloir, qui ne connaît que les ordres de

son *cheffe*, et auquel ce déguisement n'allait pas trop mal.

C'est précédé de ces deux *autorités*, que le cortège, fort peu nombreux, s'est mis en marche vers le cimetière, dont la demeure du défunt était heureusement fort voisine ; on avait bien projeté, pour que le scandale fût plus complet, de faire, à cette occasion, une petite démonstration, *de promener le cadavre*, mais une pluie battante est venue malencontreusement contrarier le programme. Honneur au député de l'avenir !

Néris, 19 Juin 1883.

Depuis le commencement du mois, une vive anxiété régnait dans la petite cité thermale à propos d'une question de l'ordre le plus élevé et à laquelle se rattachent ses intérêts les plus vitaux. Jusqu'à présent, et pendant toute la durée de la saison thermale, un service religieux était régulièrement fait dans la chapelle de l'hospice ; il était principalement destiné à la population de malades pour lesquels l'église paroissiale, située dans la partie la plus élevée du bourg, est d'un accès très difficile, sinon impossible, — et aux

ministres du culte qui fréquentent Néris en
assez grand nombre et qui ont à remplir les
obligations de leur ministère.

Les mesures ineptes qui ont été prises à la
fin de l'année dernière et que nous avons
racontées avec détail ; le service de l'hospice
brutalement enlevé aux Sœurs de charité ; le
pensionnat, qui recevait des malades payants
et qui répondait à des préférences très respec-
tables, atteint également par le délire de la
laïcisation; le profond et légitime froissement
qu'en avait ressenti l'autorité religieuse ;
l'abstention enfin de tout exercice du culte
dans la chapelle depuis le commencement de
la saison thermale, tout cela excitait au plus
haut point les appréhensions de la population
indigène et les réclamations de la population
étrangère.

Pour mettre fin à une situation dont personne ne voulait accepter la responsabilité et
au fond de laquelle il pouvait n'y avoir qu'un
malentendu, la commission administrative de
l'hospice a été mise en demeure, par une

pétition qui a bien vite réuni près de trois cents signatures dans tous les rangs de la population de Néris et dans celle des baigneurs.

Elle s'est réunie jeudi dernier, sur une convocation spéciale, et, en réponse à la pétition qui lui avait été adressée, elle a formulé, à l'unanimité, paraît-il, l'avis que voici : « La Commission n'a jamais voulu apporter aucun changement à l'ancien état de choses, la chapelle de l'hospice est et a toujours été à la disposition du public et des prêtres qui veulent y célébrer les offices, et ce qui prouve que les intentions de la Commission à cet égard sont nettes et ont toujours été pour le maintien du *statu quo*, c'est qu'elle a maintenu, au budget de 1884, l'allocation habituelle pour le traitement de l'aumônier désigné par l'autorité diocésaine. »

Communication de cette décision a été immédiatement donnée à M. le curé de Néris, et il y a tout lieu d'espérer que l'autorité diocésaine ne fera aucun obstacle à ce que les choses, pour le service de la chapelle, reprennent le cours d'autrefois ; il serait en effet déplorable qu'à la suite des fautes qui ont été commises, les innocents payassent pour les coupables, qui ne manqueraient pas de s'en réjouir.

Une autre question, qui a aussi son intérêt et pour laquelle on nous· avait promis une prompte solution, a été mise, il y a quelque temps sur le tapis. Néris possédait, il y a peu d'années encore, pendant la saison thermale, deux gendarmes, chargés d'y maintenir le bon ordre, et il en coûtait pour cela à la commune la modeste somme de 150 francs pour indemnité de logement ; mais, depuis que, grâce à l'appoint fourni par la population ouvrière des Ferrières, à laquelle les intérêts de Néris sont parfaitement indifférents, l'administration de la cité thermale a été livrée au citoyen néfaste pour lequel un journal réclamait ces jours-ci, un cabanon à Charenton, l'allocation a été supprimée et les gendarmes ont été renvoyés.

Depuis le renvoi des gendarmes et en

l'absence de tout agent de police, Néris a été envahi par une foule de mendiants, qui viennent y *faire leur saison*, et est deveuu, comme nous nous en sommes plusieurs fois plaint l'an dernier, une véritable Cour des miracles. Pour mettre fin à cet état de choses, les principaux habitants de Néris ont ouvert une souscription au moyen de laquelle la somme nécessaire pour le logement de deux gendarmes a été promptement assurée ; ils se sont adressés à l'autorité supérieure, qui, aux conditions indiquées, a promis de faire droit à la réclamation ; mais avec la *paperasserie* française, les choses ne vont pas vite et nous attendons toujours.

Néris, 10 Juillet 1883.

Les espérances que nous exprimions, il y a quelque temps, au sujet de la réouverture de la chapelle de l'hospice, ne se sont malheureusement pas réalisées. La pétition adressée à Mgr l'évêque de Moulins par un grand nombre d'habitants de Néris et de personnes recommandables, qui y sont actuellement en cours de traitement, n'a point été accueillie et la saison thermale se passera sans qu'aucun service religieux soit célébré dans la chapelle de l'hospice.

Sans nous départir du respect que nous
professons pour le chef éminent de notre
diocèse, nous ne pouvons nous empêcher de
dire que son refus de faire droit à la demande
qui lui a été adressée nous surprend et nous
afflige ; il est uniquement basé sur le renvoi
des Sœurs de charité du service de l'hospice.
Mais, comme nous l'avons déjà dit, quelque
regrettable que soit cette mesure, qui est
contraire aux véritables sentiments de la
population de Néris, qui n'a été prise que
grâce à un vote, où les voix étant partagées,
celle du maire a été prépondérante, elle n'a
aucune connexité avec la libre célébration du
service religieux dans la chapelle de l'hospice.
La commission administrative, mieux inspirée
à ce sujet qu'elle ne l'a été pour le service
hospitalier, nous dit : Nous n'avons rien voulu
changer au *statu quo ;* la chapelle de l'hospice
est à la libre disposition de l'autorité religieuse
et nous avons maintenu au budget le traitement de l'aumônier de l'hospice.

Très certainement si les choses s'étaient

ainsi passées à Paris, si les aumôniers avaient été maintenus, même dans les hôpitaux où, comme à Néris, les religieuses ont été renvoyées, le service religieux n'aurait •pas été supprimé et le vénérable archevêque de Paris n'aurait pas eu à formuler les plaintes éloquentes que contenait sa dernière lettre pastorale.

Conclusion : Parce que le service de l'hospice a été, dans les circonstances que nous venons de rappeler, enlevé à des religieuses dignes sans doute de tous les respects et de tous les regrets ; parce qu'une mesure inepte a été prise, sans qu'on puisse équitablement en rendre responsable la population de Néris, ni surtout les malades qui s'y rendent, on supprime à leur grand détriment moral, aussi bien qu'à celui des sept cents malades qui passent par l'hôpital, un service religieux, pour la plupart difficilement accessible, en raison de la position de l'église paroissiale : en un mot on punit les innocents pour les coupables.

Notre pauvre station, qui joue de malheur, n'a pas été plus heureuse pour la question des gendarmes et, malgré les promesses faites, le tricorne de Pandore, si impatiemment attendu, n'a pas encore paru à l'horizon.

Aussi les mendiants pullulent-ils plus que jamais.

Les personnes qui voudraient se dédommager du côté *profane* ont aussi rencontré leurs contrariétés. En voici une de date récente : la Fanfare de Montluçon, qui est toujours accueillie avec plaisir à Néris, est venue samedi soir se livrer à des exercices auxquels on aurait applaudi en toute autre circonstance, mais qui ont semblé bien bruyants, pendant qu'à vingt pas plus loin, dans le grand salon du Casino, on exécutait une mélodie de Gounod. Cette solennité *musicale*, dans laquelle nous ne pouvons pas voir l'intention de jouer un mauvais tour au Casino et à ses habitués, aurait été, paraît-il, motivée par l'inauguration d'un *Cercle* dépendant du Café du Parc, qui déjà avait fonctionné l'an dernier.

En attendant que nous parlions plus longuement des *cercles* de Néris — car il y en a deux, — nous voulons tout de suite exprimer un vœu, c'est que la Fanfare de Montluçon revienne nous voir, soit dans la journée, soit les soirs où le Casino ne donne pas de représentation, et il y en a malheureusement trois par semaine ; il y aura ainsi pour Néris un plaisir de plus et non une concurrence inepte et impossible.

Disons un mot en terminant d'un autre *concert* qui s'est produit dans la nuit de mercredi à jeudi et qui, beaucoup plus bruyant encore que celui dont nous venons de parler, aurait pu avoir des inconvénients beaucoup plus graves... pour le Directeur du Casino. Un orage épouvantable avait éclaté sur Néris, et après des grondements très répétés, la foudre exécutant un point d'orgue, sous la forme d'un coup de canon Krupp, est tombée sur le pavillon de l'établissement thermal dans lequel couche M. Danbé : heureusement un tuyau de cheminée s'est

trouvé là fort à propos pour faciliter la sortie
du fluide électrique, et l'accident s'est borné
à une toiture endommagée et à une émotion
bien légitime pour notre aimable *impresario*.

C'est égal, quelques paratonnerres, depuis
longtemps réclamés et intelligemment placés
sur l'établissement thermal, auraient leur
utilité et ne feraient pas mal dans le paysage.

———

Néris, 25 septembre 1883.

Le vol si audacieusement commis au préjudice de M. Ménanteau (l'auteur de ce vol de
bijoux, évalués à plus de 2,000 francs, a été
découvert quelques mois plus tard ; c'était
un domestique placé à Néris pendant la saison
thermale) et dont le *Centre* parlait, il y a
deux jours, sera-t-il le *bouquet* de notre saison
thermale ? Espérons-le, car elle n'a plus que
peu de jours à vivre. Mais cet *accident* — dont
il ne faut pas s'étonner dans une localité où
toute espèce de police a, depuis longtemps,
disparu ; où l'autorité municipale a horreur

du gendarme, et qui pendant plus de trois
mois a été le rendez-vous de tous les mendiants
du pays — ce vol nocturne a été précédé d'un
autre méfait, qui a produit une bien vive
émotion dans le pays et qui y fait un bien
plus grand nombre de victimes.

Un hôtelier de Néris, établi depuis une
vingtaine d'années, et qui était, en *apparence*,
dans une situation prospère, a furtivement
levé le pied, sauvant la *caisse* et laissant un
déficit qui dépassera probablement soixante
mille francs, et qui est d'autant plus lamentable qu'il pèse principalement sur de petits
fournisseurs, sur des domestiques, sur de
pauvres ouvriers, non seulement pour des
travaux exécutés, mais pour des sommes
prêtées, pour des billets imprudemment
endossés, etc. Une instruction est commencée,
un mandat d'amener a été lancé contre le
fugitif, qui a probablement passé la frontière ;
laquelle ? on n'en sait encore rien.

Ces dernières circonstances n'étaient pas

nécessaires pour faire de la saison thermale, qui va finir, une des plus tristes que nous ayons encore vues. Bien des éléments y ont concouru : L'inclémence de la température pendant tout le mois de juillet y a bien été pour quelque chose ; mais, — et c'est le point sur lequel nous appelons tout spécialement l'attention des habitants de Néris, — la façon lamentable dont sont conduites depuis trop longtemps les affaires municipales, la guerre insensée faite aux institutions religieuses, le renvoi des Sœurs de l'école et de l'hôpital, la clôture de la chapelle qui en a été la suite et qui a créé à la population étrangère l'obligation de suivre les offices à l'église paroissiale, d'un accès si difficile pour les malades, tout cela a indisposé au plus haut point la clientèle de Néris, et les nombreux intérêts qui se rattachent à l'industrie thermale en ont grandement souffert et en souffriront bien davantage encore, si l'on n'y met bon ordre.

Mais ce ne sont pas seulement ces intérêts-là qui sont en souffrance ; il y en a d'autres, plus intéressants peut-être encore, qui sont plus profondément atteints ; citons-en deux.

L'hospice thermal qui, grâce aux hommes dévoués et intelligents qui l'ont administré pendant un siècle, était dans une situation tellement prospère qu'il se trouvait, il y a quelques années, en mesure d'accomplir d'importantes améliorations, auxquelles l'administration supérieure avait donné son assentiment et qui seraient aujourd'hui exécutées, si des rivalités inintelligentes et des intrigues souterraines n'étaient venues y faire obstacle : l'hospice, dont le *pensionnat* payant, destiné à une clientèle spéciale, donnait les plus beaux résultats et en même temps satisfaction à une nécessité de premier ordre, l'hospice, par suite de la mesure qui a enlevé ce pensionnat à la direction des Sœurs et en a fait un hôtel ordinaire, réalise une perte de 5,000 francs et le pauvre hôtelier, qui n'en peut mais, en sera pour ses frais de location, car, si l'on s'en rapporte aux listes officielles, il n'aura pas eu quinze malades pendant tout le cours de la saison.

L'autre intérêt, si malencontreusement atteint, est celui des pauvres. Cette année, comme l'an dernier, la population étrangère, profondément indisposée par l'exclusion de notre respectable curé du bureau de bienfaisance et par la présence d'une nuée de mendiants, s'est systématiquement abstenue d'assister au concert annuel au bénéfice des pauvres et ce concert qui, autrefois, avec l'aide d'une quête intelligemment faite, rapportait jusqu'à 1,200 francs, a produit, cette année, à peine 80 francs. Il est vrai que les pauvres ne perdront pas tout ; car, grâce à l'initiative privée, des quêtes ont été faites dans les principaux hôtels et une somme de plus de 400 francs a été remise entre les mains de l'autorité religieuse. C'est égal ! le déficit est encore considérable et profondément regrettable.

Pour être historien fidèle et compléter ce joli programme, nous devons dire un mot de l'ingénieuse inspiration qu'a eue le maire de donner des noms aux rues de la ville qu'il administre avec tant de distinction.

A l'instar des édiles de Paris, — il est vrai que, si la raison n'y est pas, la rime s'y trouve, — il a doté Néris de splendides plaques émaillées, qui étalent pompeusement, au coin de misérables venelles (car à Néris, les vraies rues ne sont pas nombreuses), les noms illustres de Voltaire, Buffon, Victor Hugo, Hoche, Desaix, etc. qui ne s'attendaient guère à pareil honneur. Le plus ingénieusement choisi nous semble être celui de Diderot, que M. le maire a fait placer au coin du petit chemin rural conduisant à la nouvelle école qu'une intelligente et généreuse initiative vient de faire construire pour les Sœurs ; ce souvenir, à pareille place, était bien dû à l'auteur de la *Religieuse*.

Cette fantaisie à laquelle les acolytes du citoyen Boissier, fiers de l'érudition de leur maire, ont donné une adhésion enthousiaste, coûtera quelque chose comme *quatre cents* francs à une commune surchargée de centimes additionnels et qui n'est pas assez riche pour se payer quelques reverbères (en attendant le gaz, depuis si longtemps promis), ni pour faire les frais de logement de deux gendarmes !

En présence de ces hauts faits nous dirons aux habitants de Néris : les élections municipales approchent ; si vous ne voulez pas que l'industrie vitale de votre intéressante cité thermale et tous les intérêts qui s'y rattachent, soient plus longtemps compromis, profitez de l'occasion pour donner un coup de balai aux illustres édiles qui mènent si bien vos affaires ; débarrassez-vous surtout de cet orateur fougueux que de plus hautes destinées attendent, de ce député de l'avenir, que Commentry vous envie et que Charenton réclame. Vous ne pouvez pas trouver pis, vous trouverez facilement mieux.

DU MODE D'EXPLOITATION DES

EAUX MINÉRALES

DU MODE D'EXPLOITATION

DES EAUX MINÉRALES

—

Néris, 1er août 1884

Cette question, souvent débattue, a été l'objet de solutions diverses, dont aucune ne s'impose d'une façon absolue et qui nous semblent surtout subordonnées aux conditions de la *propriété*. Lorsque les eaux minérales appartiennent à des particuliers comme celles d'Uriage, de St-Honoré, il va sans dire que le

propriétaire les exploite comme il l'entend, au
mieux de ses intérêts, à ses risques et périls
et en se soumettant à une législation, qui, en
sauvegardant les intérêts généraux, n'apporte
aucune entrave à la liberté d'exploitation.
Lorsque les sources sont la propriété de
communes, — syndiquées ou non, — comme
la plupart des eaux des Pyrénées, il est évident
que l'exploitation par l'industrie privée, par
voie de mise en ferme, est de beaucoup le
mode qu'il faut préférer, comme l'a expéri-
mentalement prouvé ce mode d'exploitation
substitué à la régie pour ce qui concerne les
eaux de Cauterets. En est-il de même pour les
sources appartenant à l'Etat? C'est là ce que
nous nous proposons d'examiner à l'occasion
de la loi du 30 Janvier 1884, dont l'application
est prochaine.

Pour bien apprécier cette question et les
intérêts complexes qui s'y rattachent, il est
nécessaire de jeter un rapide coup d'œil sur le
passé.

Avant 1860 l'Etat était propriétaire de six

établissements thermaux : Vichy, Néris, Bourbon-l'Archambault, dans l'Allier ; Plombières,
dans les Vosges ; Bourbonne, dans la Haute-
Marne ; Luxeuil, dans la Haute-Saône ; à ces
six établissements vint s'ajouter, en 1860,
après l'annexion de la Savoie, l'établissement
important d'Aix-les-Bains. Jusqu'en 1852 tous
ces établissements, exploités par voie de régie,
avaient été, dans les limites budgétaires,
l'objet d'améliorations importantes dont Vichy,
considérablement augmenté, et Néris, entièrement refait, avait surtout profité. A cette
date l'établissement de Vichy fut affermé à
une compagnie à la tête de laquelle se
trouvaient deux hommes d'une grande notoriété dans le monde de l'industrie, MM. Le
Bobe et Callou.

Nous ne relaterons pas les bruits plus ou
moins fondés qui circulèrent alors et qui ont
habituellement cours lorsque ces sortes d'opérations se font par voie de concession directe;
ils ne se reproduiront probablement pas à
l'occasion des opérations projetées, puisque le

gouvernement procèdera par voie d'adjudication sur soumissions cachetées.

Une dizaine d'années après cette concession, deux faits importants se produisirent : la compagnie de Vichy, qui n'avait qu'une concession de trente-trois ans, et la jugeait à bon droit insuffisante, sollicita de l'Etat une prolongation de quatre-vingt-dix-neuf ans. Le ministère du commerce, dans les attributions duquel sont les établissements thermaux, eut alors une excellente idée : il demanda à la compagnie de Vichy, comme condition de la prolongation de son bail, de se charger en même temps de l'exploitation des deux autres établissements de l'Allier, Néris et Bourbon-l'Archambault. M. Callou vint étudier la question sur les lieux et, après examen, il trouva que l'opération, bonne pour Vichy, ne valait rien pour les deux autres établissements ; le ministère, qui tenait la compagnie de Vichy à sa discrétion, eut la faiblesse de céder ; la compagnie de Vichy obtint sa prolongation ; Néris et Bourbon-l'Archambault restèrent en régie.

Vers la même époque l'établissement de Plombières, dont le chef de l'Etat était un client assidu, fut l'objet d'une mesure analogue à celle de Vichy : il fut affermé à une compagnie dont l'Empereur fut le principal actionnaire ; d'importants travaux furent exécutés sous cette puissante impulsion et, — détail à noter, — un *grand hôtel*, l'accessoire le plus important de l'industrie thermale, fut construit et exploité par la compagnie. Eh bien ! malgré ces excellentes conditions, la ferme de Plombières, établissement qui jouit depuis longtemps d'une légitime notoriété, qui reçoit annuellement environ quatre mille malades, n'a pas, depuis vingt ans, donné un sou de dividende à ses actionnaires et, d'après un document officiel, fourni à la commission du budget par le ministère du commerce, l'Etat a été obligé de garantir un minimum d'intérêt pour un emprunt fait par cette com-

pagnie. Notons ce fait important, ainsi que le
refus de la compagnie de Vichy ; nous aurons
bientôt à en tirer quelques conséquences.

Malgré ces antécédents, il a été plusieurs
fois question, depuis une quinzaine d'années,
de la mise en ferme de l'établissement thermal de Néris, dont nous voulons nous occuper spécialement dans cet article, après ces
quelques considérations générales qui étaient
nécessaires pour l'intelligence de la question ;
mais jamais aucune proposition sérieuse n'a
été faite à l'Etat propriétaire. Ce n'était pas,
en effet, une proposition sérieuse que celle
qui fut faite à l'Etat, il y a une dizaine d'années, par une réunion de *capitalistes* indigènes, — et quels capitalistes ! Le plus important d'entre eux, pour séduire l'Etat et obtenir de lui la concession qu'il sollicitait, offrait
la jouissance gratuite de... *son jardin.* Comme
ce jardin n'était pas le jardin d'Armide, la
demande ne fut pas prise au sérieux et fut
reléguée et un peu oubliée au fond d'un car-
ton. Mais, comme, à cette époque, le capita-

liste en question n'était pas encore brouillé avec les députés qui *approchaient les ministres*, sur ses instances, le fonctionnaire que l'affaire regardait fut bien obligé d'exhumer le document et n'eut pas de peine à démontrer aux solliciteurs que la proposition n'était pas sérieuse.

Quelques années plus tard, un riche *entrepreneur de bâtisses*, qui prenait les eaux de Néris, reprit l'affaire, mais sur des bases qui, au premier aspect, semblaient plus sérieuses ; il manifesta l'intention d'acheter des immeubles dont l'ensemble pouvait bien s'élever à *un million* et, sans même dépenser une feuille de papier timbré de 60 centimes, il obtint de nombreuses promesses de vente et fit ainsi venir *l'eau à la bouche* à bien des gens. On eût même, à cette occasion, quelques inquiétudes pour la raison d'un propriétaire auquel la loi interdisait de prendre aucun intérêt dans l'exploitation de l'établissement thermal, mais n'interdisait pas de faire une spéculation de terrains.

On pouvait le voir arpentant d'un air préoc-
cupé la façade de son immeuble et l'entendre
prononcer ces mots : « Trois cent mille... non,
quatre cent mille. »

Il en fut de ce projet, qui, on le comprend
facilement, avait causé une certaine émotion
à Néris, comme de la demande des capitalistes indigènes : au bout de peu de temps, on
n'y songea plus.

Il est vrai qu'à cette époque l'administration supérieure, édifiée par l'insuccès de la
ferme de Plombières, fatiguée de ses inces-
sants démêlés avec la Compagnie de Vichy,
était bien résolue à continuer la voie de la
régie pour l'exploitation des établissements
thermaux qui appartiennent à l'Etat ; mais
elle avait compté sans les élus du suffrage
universel.

Pour être historien fidèle, nous devons dire
que c'est surtout dans le département de
l'Allier que l'agitation à ce propos s'est produite. Le conseil général, par plusieurs votes,

quelques députés, à la sollicitation d'électeurs
trop disposés à prendre leurs désirs pour des
réalités, n'avaient pu, malgré d'incessantes
démarches, réussir à vaincre les répugnances
du ministère ; mais un beau jour, ne pouvant
pas entrer par la grande porte, on est entré
par un soupirail... On a trouvé un collègue
complaisant qui, chargé du rapport du budget
du ministère du commerce, y a introduit — un
peu subrepticement, nous ne craignons pas
de le dire — une disposition imposant à l'Etat
l'obligation de mettre en ferme, à partir du
1er janvier 1885, les *cinq* établissements thermaux qui lui appartiennent et qui sont
aujourd'hui exploités par voie de régie

Cette disposition a passé inaperçue, sans
que personne ait demandé la parole, et a été
adoptée par ce simple mouvement de *crou-
pion* que tout le monde connaît. Elle est de-
venue ce qu'on appelle aujourd'hui la loi du
30 janvier.

Détail assez curieux : l'auteur du rapport,

M. Félix Faure, — ce nom serait-il destiné à
être néfaste pour les établissements thermaux ? — M. Félix Faure donc en est devenu... sous-secrétaire d'Etat au département
de la marine ! Nous sommes curieux de savoir si, dans cette haute situation, où il est si
inopinément arrivé, ce député se réconciliera
avec les *Bureaux*, pour lesquels il ne semble
pas professer une grande tendresse. En effet,
dans ce rapport, qui semble le point de dé-
part de sa fortune politique, M. Faure se
plaint beaucoup des *Bureaux* et les rend principalement responsables de la résistance
qu'a longtemps rencontrée au ministère la
mise en ferme des établissements thermaux.
Les *Bureaux* ! mon Dieu, on leur a mis beaucoup de choses sur le dos, et, dans cette
question comme dans beaucoup d'autres, il y
a à prendre et à laisser.

Il est incontestable que, dans certains
départements ministériels, qui ont à leur tête
des hommes spéciaux et où s'agitent des
questions techniques, comme les ministères

de la guerre et de la marine, certaines innovations utiles ont pu rencontrer, dans la *routine*
des bureaux, de regrettables obstacles. Mais
en est-il bien de même pour une question
spéciale comme celle qui nous occupe, et dont
la solution était peut-être mieux de la compé-
tence des fonctionnaires intelligents auxquels
elle était depuis longtemps familière que de
celle de M. Tirard ancien courtier en bijouterie
fausse, ou de M. Hérisson, ancien avocat à la
cour de cassation, qui ont successivement
occupé le ministère du commerce, — que de
celle de M. Faure lui-même, bien qu'il repré-
sente la ville du Havre, où il y a des bains de
mer assez fréquentés ?

Une fois la loi votée, — *absurda lex, sed lex,*
— il a fallu s'occuper de l'exécution ; suivant
l'usage, une commission a été nommée,
commission assez *panachée* et dans laquelle
le département de l'Allier a été représenté
par un de ses députés. Est-ce sous l'inspiration de cette commission qu'a été rédigé ce

singulier cahier de charges qui a été porté, il
y a quelques jours, à la connaissance du
public? Nous l'ignorons ; dans tous les cas
nous ne lui en ferions pas compliment : nous
allons dire pourquoi.

Mais auparavant parlons d'un petit incident
qui s'est produit au commencement de la
saison thermale et qui est assez plaisant. Le
préfet du département (qui, dans les termes
où la question était posée, n'avait pas
grand'chose à faire et n'a absolument rien
fait) s'est rendu à Néris pour connaître les
vœux de ses habitants au sujet des clauses à
introduire dans le cahier des charges. Il s'est
alors produit une amusante comédie : chacun
avait sa petite idée, c'était une véritable
cacophonie dont le pauvre préfet était ahuri ;
le propriétaire d'un terrain récemment accru
et aspirant à l'*aliénation* — pas du propriétaire, mais du terrain — le tirait par un pan
de son habit et tâchait de lui démontrer que
l'emplacement qui n'était pas *au coin du quai*

était le meilleur ; les propriétaires de la place
des Thermes, offusqués à bon droit par la
présence du petit établissement, tiraient
l'autre pan d'habit pour démontrer à M. le
préfet qu'il fallait déplacer cet établissement
et que pour deux cent mille francs on en
verrait la farce... tant et si bien que le pauvre
préfet, ainsi tiraillé, n'a dû remporter qu'une
veste...

Ce qu'il y a de certain, c'est qu'aucun des
vœux de la population nérisienne n'a laissé
de trace dans le document dont nous venons
de parler ; le cahier des charges pour la
prochaine mise en ferme de l'établissement
thermal de Néris, *approuvé* par M. le ministre
du commerce à la date du 14 août, est d'une
insignifiance absolue et complètement muet
sur les conditions essentielles qui serviront de
base au bail consenti par l'Etat ; les concessionnaires seront-ils astreints à un certain
nombre de travaux et à une redevance envers
l'Etat, ou bien à l'une ou à l'autre de ces
obligations ? Il n'en est aucunement question,

toute latitude est laissée à ce sujet à leur
imagination et ce sont eux qui le diront au
ministère du 1er au 15 octobre.

En revanche nous relevons dans ce document quelques détails assez intéressants :
ainsi l'art. 3 donne aux concessionnaires la
faculté d'élever de 25 % les tarifs actuellement en vigueur, — nous nous y attendions
un peu. L'article 6 oblige le concessionnaire
à verser annuellement à l'Etat la somme de
2,400 francs pour le traitement d'un commissaire du gouvernement : ce n'est pas exagéré
et nous parierions bien qu'il y a déjà quelques
candidats en mouvement pour obtenir ces
modestes fonctions.

L'art. 29 dispose que le preneur sera tenu
de terminer à ses frais, risques et périls, avant
l'ouverture de la saison de 1885, l'aqueduc
pour l'écoulement des eaux. — Or cet aqueduc
est terminé depuis le commencement de juin...
aux frais de l'Etat.

Mais voici le bouquet : d'après l'article 28,
le concessionnaire ne pourra exploiter ni

s'intéresser à l'exploitation d'aucun hôtel dans
la station. Comment ! Vous jugez utile pour
l'établissement thermal, pour son développement, de livrer son exploitation à l'industrie
privée et vous enlevez à cette industrie le
droit de profiter d'un de ses accessoires les
plus fructueux ! Je ne serais pas surpris que
cette disposition eût pour origine quelques-
uns des *vœux* soumis à M. le Préfet, dans sa
visite à Néris ; mais elle n'est vraiment pas
acceptable et surtout elle n'est pas de nature
à encourager les demandes sur lesquelles on
compte.

En lisant dans les journaux de la localité
l'avis général qui a paru en même temps que
le cahier des charges relatif à l'établissement
de Néris, j'ai été bien surpris de ne pas
trouver le nom de l'établissement d'Aix en
Savoie parmi les cinq établissements appartenant à l'Etat et que la loi du 30 janvier 1884
l'oblige à mettre en ferme ; j'ai pensé qu'il
n'y avait là qu'une omission commise par les

10

journaux ; j'ai tenu cependant à m'éclairer
d'une façon positive et j'ai su, en m'adressant
à la meilleure source, que, *sur la demande
des députés de la Savoie*, l'établissement
d'Aix continuerait à être exploité par la voie
de la régie ; je n'en blâme pas les députés de
la Savoie, dont l'influence avait déjà obtenu
de l'Etat, depuis quelques années, plus d'un
million de travaux en faveur de leur station
thermale ; mais l'exception qu'ils viennent
d'obtenir prouve que s'il est avec le ciel des
accommodements, il en est aussi avec la loi.

Nous venons de parler de la somme considérable qui avait été, en quelques années,
attribuée à l'établissement d'Aix en Savoie ;
mais il est bon de rappeler que, si cet établissement est celui qui a le plus largement
profité des libéralités du budget, les autres
établissements thermaux appartenant à l'Etat
n'ont pas été négligés. Ainsi l'établissement de
Plombières a été considérablement amélioré,
il y a vingt ans, par la Compagnie à laquelle

il avait été affermé, Compagnie dont nous avons parlé, et à laquelle on n'interdisait pas l'industrie hôtelière. Dans ces dernières années, les établissements de Bourbonne et de Bourbon-l'Archambault ont été complètement refaits et ont coûté plus de deux millions à l'Etat ; Néris qui n'a été entièrement terminé qu'en 1853, a obtenu environ 150,000 francs sous l'Empire, pour la construction du petit établissement et l'installation de la machine à vapeur et des réservoirs ; il a obtenu depuis 1870, en dehors de son budget normal, une centaine de mille francs de crédits extraordinaires pour construction de nouveaux cabinets de bains et acquisition de terrains, et, sans cette loi de janvier, si inopinément éclose, il est probable que des crédits plus importants auraient été alloués pour l'extension reconnue indispensable de notre établissement thermal.

C'est qu'en effet, sous tous les régimes et en vertu de saines traditions, l'Etat a reconnu que s'il ne pouvait pas avoir recours à certains moyens dont l'industrie privée use largement pour l'exploitation des établissements thermaux, et en tête desquels il faut placer *la publicité,* il devait les administrer dans l'intérêt général et non pas en vue de faire *une affaire ;* il a administré les établissements thermaux comme établissements d'utilité générale, ainsi qu'il le fait pour les hôpitaux, les casernes, les établissements d'éducation, etc.

Si, cependant, il était démontré que l'industrie privée substituée à l'Etat peut, sans nuire à l'intérêt général, développer dans de plus larges proportions la prospérité de ces établissements et des industries qui s'y rattachent, nous ne ferions aucune objection à ce changement de régime ; mais c'est là la question, et nous allons tâcher, en terminant ces considérations qui auraient pu être beaucoup plus longuement développées, de démontrer (ce qui nous semble avoir été parfaitement compris à Aix) pourquoi le problème dont on poursuit la solution est insoluble ou ne peut offrir qu'une mauvaise solution.

Nous posons en principe qu'au point de vue industriel, les établissements thermaux qui n'offrent pas d'eau en boisson et surtout pour l'*exportation*, à moins d'une élévation exagérée dans les tarifs, ne peuvent donner que des résultats médiocres ; c'est l'exportation de ses eaux qui fait la prospérité de la Société de Vichy ; c'est l'absence de cette ressource qui a fait de Plombières une mauvaise affaire et qui a empêché, il y a vingt ans, la Société de Vichy de se charger de Néris et de Bourbon-l'Archambault ; c'est cette condition qui nous semble devoir peser encore sur l'adjudication dont on attend de si beaux résultats.

Il y a bien *un accessoire* dont nous n'avons encore rien dit, que le cahier des charges n'a point visé comme l'hôtellerie et dont il faut dire un mot, car il nous semble impossible

que les futurs concessionnaires n'y songent
pas : nous voulons parler *du jeu*.

Nous ne pouvons pas oublier que cet
élément a eu son importance pour quelques
établissements thermaux et que celui d'Aix
spécialement, lorsqu'il appartenait au royaume
de Piémont, a dû sa prospérité, nous pour-
rions dire son existence, au privilège qui
avait été accordé à M. Bias, alors l'intelligent
directeur du Casino. Mais, quelles que soient
à cet égard les tolérances de l'administration
supérieure dans plusieurs établissements
thermaux, il nous semblerait imprudent pour
des spéculateurs de compter sur cet élément
de prospérité. A Néris particulièrement, en
raison de sa clientèle et en admettant que
l'administration ferme les yeux, la matière
exploitable nous semble faire défaut ; l'expé-
rience l'a bien prouvé. En effet, il y a trois
ans, sous cette enseigne discrète de *Cercle*, on
a essayé de faire un appel aux séductions du
baccarat et, bien que, dans une nuit, on ait

soulagé un jeune gentilhomme des environs de quelques billets de mille francs, cet essai n'a pas réussi et les *Cercles* (car il y en avait deux) ont disparu, sans que l'on ait pu dire que c'étaient des *Cercles vicieux*.

Dans cette situation, les ressources du jeu étant fort incertaines, celle de l'exportation des eaux faisant complètement défaut, l'industrie hôtelière étant proscrite par le cahier des charges, il nous semble bien difficile que, soit sous la forme de redevance annuelle, soit sous la forme, préférable pour Néris, d'améliorations à créer, l'Etat reçoive des propositions qui le déterminent à concéder à l'industrie privée l'exploitation d'un établissement qui lui coûte plus d'un million et que les prescriptions de ce que nous appellerons la *loi-Faure* déjà éludées par l'établissement d'Aix, puissent trouver leur application à Néris ; dans ce cas, nous donnerions à cette petite comédie en plusieurs actes le titre d'une pièce célèbre de Shakespeare : *Beaucoup de bruit pour rien*.

POST-SCRIPTUM

—

Nos prévisions ne se sont pas réalisées ; il s'est trouvé dans ce rude pays d'Auvergne, où l'on passe pour entendre assez bien les affaires et ne pas jeter l'argent par les fenêtres, un spéculateur hardi qui a bravement accepté les conditions du cahier des charges et est devenu fermier des eaux de Néris. Nous ne nous en plaindrons pas si ses intérêts et ceux de la cité thermale y trouvent leur compte ; mais nous avouons qu'à cet endroit notre foi est encore bien chancelante, et, d'après les informations qui nous sont parvenues pendant

la saison de 1885, les débuts ne nous semblent
pas heureux. L'augmentation prévue dans les
tarifs, le renvoi impitoyable de tous ces vieux
serviteurs au courant d'un service tout spécial
et la difficulté de les remplacer, la suppression
des appointements de tous les gens de service
et la nouvelle charge qui s'en suivra nécessai-
rement pour les malades, l'extension des
buvettes, la création d'appareils de *pulvéri-
sation*, qui peuvent avoir leur raison d'être à
Cauterets, aux Eaux-Bonnes, au Mont-Dore,
à la Bourboule, mais qui nous semblent bien
superflus dans une station thermale où l'on
ne traite que des rhumatisants et des névro-
pathiques, où l'on ne boit pas et où l'on n'a
guère besoin de se *pulvériser*, tout cela ne
nous semble pas très heureux. Je sais bien
qu'il y a la *musique de jour*, depuis longtemps
réclamée par un certain nombre de dilettantes;
je ne veux pas en dire de mal ni oublier le
vieux couplet de Scribe :

> Un médecin doit aimer la musique,
> Car Esculape est le fils d'Apollon...

Mais je sais bien que cet accessoire m'aurait beaucoup gêné lorsque mon cabinet de consultation était sur la promenade du Jardin et je crains que ceux de mes anciens confrères qui sont dans la même position ne partagent cette opinion. Dans tous les cas, la compensation ne me semble pas suffisante; il est vrai qu'il reste les *Cercles* et la perspective du *baccarat*; mais de ce côté encore il paraît que le ciel n'est pas sans nuages.

FIN.

Montluçon. — Typ. et lith. Herbin.

12